JN073243

「ん、ん——？」

「安達は旅行楽しみ？」

そういえば三十分くらい前は旅行の話をしていたんだったと、急に話を戻す。

「りょほ——？」

空気の抜けた安達の反応に、高校時代を思い出す。

「た、楽しみ……かな」

安達が溺れて空気を求めるように顎を上げながら、いっぱいいっぱいといった感じで返事する。二階の空気は安達には薄すぎるらしい。その下唇と、時折覗ける舌の先を見つめながら。

「わたしも楽しみなんだ。安達と一緒に旅をする。いいね、旅って響きが特に」

「あの、それよりしまむら……」

「はい……しまむらです」

名前を呼ばれたので、いい声で応えてみた。情緒がおかしいけど全部夏のせいにしてしまおう。こういう夏もある。同じように、似通った蟬の声と暑さの中でも、夏は毎年違う顔を見せる。同じ人と、同じ時間を、二人きりで過ごしていたとしても。

「なんでもないです……」

見つめあっている間にかき氷が溶けてシロップと混じった。

安達の声がそんな印象を与えるように、底に沈んでいく。

安達としまむら 11

入間人間

『黒い夜には白い星があり』

諸事情というのは諸々の事情ということであり、諸々というのはいろいろでもろもろで安達はふるふるでわたしはその右足を摑んでほれほれだった。なんだよほれほれって。蟬の鳴き声が下から上へ湧き上がるように、途切れることなく続いている。棚に置いた時計の針の音が、いやに大きく聞こえる。部屋の中を舞う細かな埃が子細に見える。五感が鋭敏になっているのに、頭の奥だけがぼんやりしていた。家に来た安達と旅行の予定を立てるはずが、なにをどうしてこうなったかを思い出すのは難しい。夏の泡に包まれるような暑さがもたらした悪戯のせいで、わたしの常識も脱水症状を起こしたのかもしれない。

ちなみに今やっている戯れは、『唇以外の場所にキスしてどれくらい相手を赤面させられるかゲーム』だった。より赤面させられた方が勝ち。キスと無縁そうな部位だと高得点。判断はお互いの勝手な感覚による。今のところ、わたしが全勝していた。

勝って得たものは、息苦しいほどの熱気くらいだろうか。で、安達の右足をじっくり間近で眺めて、次はどこがいいかなって考えている。安達はこの段階で足の裏まで赤い。人の足の裏って普段じっくり観察する機会はそうそうないから、安達の足の裏ってこれまでわたしと会っていたときいつも赤かったのかなぁとかそんなことを不思議がる。本人の全体的な見た目と同様に細く整った足の指を突っつくと、安達の足の付け根がびくんと跳ねた。

その繊細な反応が目の前で起きると、なにか、いけないことでもしている気分が今更、やっと芽生えてきた。

「安達はどう思う？」

「ほはふぇ？　なにが？」

安達の耳は真っ赤な蝶の羽みたいになっていて芸術的だし、ああ、耳に唇くっつけてもいいのかなぁと思ったけど耳は果たしてキスと無縁だろうか？

その判定も適当なので、ゲームのルール自体は最初から破綻している。でもゲームというのは、面白ければ破綻なんて関係ないのだ。むしろ壊れているから面白いのであれば、それは率先して受け入れてしまえばいいと思う。

そしてこのゲームは楽しい……いや楽しいともまた違うようで、でも、のめり込みそうだった。安達と触れるということが、自分にとって大きな意味を持ち始めたのはいつだっただろう。

こんなに長時間、目をぐるぐるさせていたら顔が疲れそうなのに、安達の表情が死ぬことはない。普段、わたしといないときにエネルギーを蓄えているのかもしれない。

「んー」

「安達がなにを言いたいかは分かっているつもりだよ」

「ほんと？　ほんとに分かってる？」

「もちろん」

分からない。そして、そこまで理解できていたらきっと面白くない。安達は真っ赤な愛を流すような頰を押さえて、分かっていたらそれはそれで困るといったように目を白黒させていた。

大人になって落ち着きも出てきたのに、こうやって密着すると昔の顔を覗かせてくるのが安達の美徳……美徳？　いやそんな難しい言葉の形じゃないのだ。かわいい、って言えばいいのだ。

蟬の鳴き声が少し遠くなったのを見計らうように、記憶の波が来る。波は高く、勢いがあり、わたしの足首どころか膝まで持っていきそうだ。濡れた足の冷たさに身を震わせながら、向き合う海に目を細める。それぞれの夏の景色が夜の海に浮かぶのを、遠くの白い星が輝いては映し出している。

その様子を砂浜から見つめることはできても、泳いでいくには遠い。

それくらいの距離ができるくらいには、『昔』は、もう遠くだった。

「し、しまむら？」

右足を未だにしっかり摑んで動かなくなったわたしに、安達が困惑し続けている。まさかセンシティブとセンチメンタルが同じ傘の下にいたとは想像できないだろう。

安達と、思い出。二つを同時に見つめようとして、焦点が合わず、安達がたくさんに見える。

その分裂した安達のゆらゆらしている頭に、手をかざす。

この景色もいつか、その海の一つとなることを祈って。

「幸あれ」

「え、えっと……え？」

なっはははは。

安達としまむら、二十二歳。

めいっぱい足を延ばせば旅になりそうなくらいの歳になっていた。

『Never8』

「へぇー、今でもそういうのやってんのね」と前にお母さんが言っていたから、学校のプールに行くのは珍しいことなのかもしれない。夏休みのお昼からの楽しみといえば、わたしにとってはこれだった。涼しい、泳げる、楽しい。友達もいっぱいだし、行かない理由がなかった。下に水着を着てから、服を着直してプールバッグを摑む。だだだだ、と玄関まで走って止まれなくなって飛び跳ねた。

「いくぜよ！」

「靴履いてから降りな」

「いきおいよすぎたぜ！」

戻って棚の下の隙間に並んだ自分の靴を引っ張り出す。靴を履いてから、靴下穿くの忘れていることに気づいたけどまぁいっかとそのまま立った。置いてあった靴の中までけっこう熱い、と指をぐじぐじ動かしながら思った。

見送りに来たお母さんの腕の中では、妹が抱っこされている。妹は最近けっこうお喋りになってきたので、遊んでいてもなかなか楽しい。

「知らない人と自動車に気をつけるように」

「あいあい」

「せめて歩いて百歩くらいは覚えときなさいよ」

うにょーっとほっぺを両側から潰される。

「あんた、私に似てどっちかというとおバカさん寄りだから」

「なにー」

今衝撃の事実が明かされる。

「うすうす感じてはおりました」

「さすが私の子だ」

「そして今年のもくひょーは、どっちかというとかしこい寄りになりました」

「うむ。ちばりよ」

ははとの挨拶は済んだので、妹にも一言残しておく。

「妹よ、おねーちゃんはとってもけんこーてきになって帰ってくるぞ」

「あんた十分健康でしょ」

むにょーっとほっぺを今度は引っ張られる。お母さんがそんなことするものだから、妹まで真似(まね)して「むにょにょ」してくるではないか。顔が遊び心溢(あふ)れる形に広がる。いいね。

楽しいがたくさんあるのは、いいことだ。

「たるちゃん来るかなー」

「来るといいねー」

めっちゃ適当に返事するお母さんに、わたしと妹が示し合わせたように笑う。

毎日来るわたしと違ってたるちゃんはプールに来たり、来なかったりする。おうちでやることがあるときは来られないと言っていた。わかいのに、かんしんだのぅ。

「そうだ、ちょっと後ろ向きな」

お母さんがわたしの肩を摑んで、くるっと身体を回してくる。

「寝首かくの？」

「立って寝るな」

髪をわしゃわしゃ弄られる。妹を抱えたまま、器用にわたしの髪をまとめて引っ張って結んで、耳がすーっとした。高い場所にある結び目をとんとんと指で触れる。

「できた。暑いしその方がいいでしょ」

「ふーむ」

涼しくなった耳に少し力を込めて、ぴくぴくと動かす。

「あんたもそれできるんだ」

「ほほほ」

「比較的どうでもいいとこまで似てるねぇ……よし、行っといで」

「きゃーす」

手を振って、扉の向こうへ、光る川面(かわも)みたいな世界へ踏み出す。

音はなく、だけど熱の波が肩まで浸(つ)かるくらいにやってくる。夏はいつも出だしが重い。強い光目がけて歩いていると、太陽の指先に触れられているみたいだった。

学校へ向かう途中、友達を見つけてひっついて一緒に歩いていると段々人数が増えてくる。みんなの声を背中にかぶるようにしながら笑って、先頭を歩き続けた。

緑色のフェンスの前を通って、学校の正門まで回り込む。一度、フェンスをよじ登れないかと挑戦してみて、途中で校庭側にいる先生に見つかって怒られたことがあった。あとでお母さんに話したらたわけーとほっぺを叩(たた)く真似(まね)をされた。自分の手をバチンと合わせて音まで演出していた。

そして次の日、お母さんが『やってみたら余裕だった』とわたしに嬉(うれ)しそうに報告してきた。ゆるせん。

塗装が剝げて緑色が目立っている銅像に挨拶しながら通り過ぎて、校舎間の渡り廊下を横切り、グラウンドが見えてくる。鉄柱に植物が絡(から)み合(あ)って屋根を作るスペースの下に、既に来ている子たちがしゃがんで待っていた。あの下は一見日差しを避けられて快適なのだけど、結構な頻度で毛虫が落ちてくるので嫌がる子も割といた。たるちゃんとかね。

先生にカードを渡して、ハンコを押してもらう。プールの出席カードは今のところ、全部埋まっている。埋まるといいことがあるかは知らない。でも、ハンコで隙間を埋めてそれを見ると、なんだか気分がいいのだった。

プールの時間は学年の組ごとに決まっている。今日のわたしはお昼前の早い時間だった。

地面の砂に指でまるとばつを描いて友達と遊んでいると、準備体操の時間になる。プールが開く前にみんなで体操をする。朝もやっているラジオ体操だ。いい加減にやる子、ちゃんとやる子と姿勢は分かれるけど、わたしはちゃんとやる方だった。意外にも！

なぜなら、楽しいことが楽しくないことに変わるのは嫌だから。

楽しくないことを、楽しいことにするのはとても難しい。だから最初から楽しいことは、とっても大事にしなければいけないと思うのだ。そういうことをこの間話したら、お母さんに『私はできるけどね』とまうんと取られた。ゆるせん。

体操している間に、列の後ろに並ぶたるちゃんが見えた。今日はいるんだ、と嬉しくなる。

友達はたくさんいるけど、一番仲がいいのはたるちゃんだ。樽見、たるちゃん。

はて下の名前はなんだっただろう。

向こうもしまちゃんとしか呼ばないから忘れているかもしれない。

体操が終わると、雨に打たれたように背中と額が汗べったんになった。ふしゅるる、と空気を吐くと煙が出ても不思議じゃないくらいあったまっている。でもプールの門が開いてみんなが一斉にそちらへ流れていく中、わたしは振り返って反対の方へ向かう。

「よっ」

「あ、しまちゃん」

列の一番後ろにいたたるちゃんを出迎える。今日は黄色いシャツを着て、下は青いズボンだった。どっかで見たなーと思って上から下を眺めてほけーっとして、の○たくんみたいな色だと気づいた。たるちゃんにメガネをかけさせたくなると思い、じーっと見ていたらなぜかたるちゃんはもじもじしていた。

他の子たちに思いっきり出遅れて、更衣室に入る。石造りみたいな色合いの薄暗い更衣室は、プールの空気が濃縮されて浮いているように匂いが濃い。人がごった返しているから熱気もはんぱない。ぱねぇっす。よく分かんないけど、息苦しいくらいにぎゅうぎゅうだった。

「しまちゃん、その髪の毛かわいいね」

「そうかい？　ふふふそうかい」

頭をがくんがくん揺らして髪の先端を振る。派手にやりすぎて目の中がぐらぐらした。

「お母さんが結んでくれたの」

「へぇー」

ほどくのがちょっともったいない。でもこのままプールには行けないので、ゴム紐を緩めた。

「いつものしまちゃんになった」

髪を下ろしたわたしを見て、たるちゃんがシャツを脱ぎながら笑う。

使うロッカーはいつもお隣さんだ。

「そう見えるけど今日はひとあじちがうぜぇ」

「なにあじ？」

「んー、ジャングルあじ」

たるちゃんが頭にはてなマークをいっぱい浮かべているのを眺めながら、肘をぶつけつつ着替えた。更衣室は狭く、着替えている子の肘や肩が容赦なくべちべち当たる。でもわたしは来る前に下に水着を着ているので、そういうべちべちが最少限で済むのだった。

出入り口のすのこを踏みながら、暑すぎる更衣室を出た。外で一歩遅れたたるちゃんを待つ。待っている間に早くも足の裏が熱くなって飛び跳ねる。シャワーの方から冷たい水がはみ出て、濡れた地面に避難する。ぱちゃりと水が跳ねる音が楽しくて、何回か足踏みした。

青空に捧げられたような太陽を見上げていると、不思議に心が持ち上がる。肌に塗りたくるような日差しの痛みの奥で、胸がわくわくしているのだった。

うん、って、大きくうなずくと喉からお腹の奥へ、温かいものが流れていく。

夏の暑さを受け入れながらも影響されない、丸く温かいものだった。

出てきたたるちゃんと並んでシャワーを浴びて、足を消毒して、階段を上る。ぺたぺたしている足音を追いかけるみたいにプールサイドまで移動した。先に来ていた子たちはもう列を作って並んでいて、わたしたちもその後ろに回る。

学校のプールは左側が浅く、右側が深い。右側は上級生が使う場所だった。前にこっそり、区切っている柵にくっついて深い方へ足を伸ばしてみたけど底に届かなかったので、やるな、と思った。もっと背が伸びないと向こうへはいけない。たるちゃんの方がかなり背は高いので、なんとか追いつかないといけないと密かに思っている。

背中の水滴がすぐ乾いてかぴかぴになってきたところで、先生が順番にプールに入るよう指示してくる。最初はコースごとに並んで、決められた泳ぎ方をする時間だった。

ここはただ真っすぐ泳ぐだけなので、遊びが少ない。それでも自分の番が来てプールに入り、肩まで水に浸かると。

「あぇ〜」

思わずそんな声が漏れる。水の中は別の世界につながっているように、温度と重さが自由になっていた。手足の先がクラゲになったみたいに揺れて、そのまま漂いたくなる。でも隣の列の子が泳ぎだすのを見て、先生に怒られる前にとわたしも泳ぎだすのだった。

時々しゅっとこぶしを突き出しつつも真面目に泳ぐ。今はまだみんな大人しい。

一番のお楽しみは最後の方にある自由時間だった。

その時間がやってくると、まだ焼けてないお好み焼きの具を真ん中に寄せるように、一斉にみんなが水しぶきを上げる。わたしも負けじと、たるちゃんに先んじてプールに飛び込み、そのままの勢いで泳ぐ。そしてこのへんだな、と勝手に決めつけて泳ぎをいったん中止する。足を下げて浮き上がり、はいさいちゃーてーと四方から襲い来る予定のものを次々に打ち倒していく。つもりだ！

ぼごぼごぼごと泡を派手に噴いてそのまま動き回ったので、手足がしびれそうなくらいの酸欠になって、慌てて水面に顔を出した。顔にくっついた水滴が流れて、額がかゆい。

かきかきしていると、たるちゃんが追いついて背中に「どりゃっ」指がぶつかってきた。

「せい」「たぁ」「しゃりゃあっ」とお互いに手刀をぶつけ合ったあと、たるちゃんが首を傾げる。

「しまちゃんなんで急におぼれとんの」

「今のはピラニアに襲われたときをそーてーした動きです」

「ピラニアとは」

「やつはてごわいぞ」

昨日テレビで見たばかりの知識を披露する。あの鋭い牙はきっとやる側だ。

「顔めっちゃこわかった」

「ピラニア……にあー……ピラニアって見たことねーから真似できねー！」

「こんな感じ」

歯に見立てた爪で、たるちゃんの腕をぱっくんする。

がぶがぶされたたるちゃんが、んー、と首を傾げる。

「ワニ？」

「ノー、ピラニーア」

ばくばくとたるちゃんの右腕を完全に食べつくす。なかなか美味であった。

「ピラニアってどこにいるの？」

「ジャングル」

見た地名は忘れたけど、景色が森の奥深くだった。

「しまちゃんジャングル行くんかー」

「そういうこともあるかもしれない」

一年先の献立をただ当てられる人はいない。でも自分で決めることはできる。

お母さんが前にそう言っていた。意味は分からんけど！

「宇宙人と出会うよりはジャングルでピラニアと戦う方がありそうだと思わないかね」

宇宙というのは息ができないらしい。つまり、ずっと水の中なのだ多分。

ちょっと楽しそう。

「それは……そうかも！」

「でしょでしょ。だからわたしはピラニアと日々戦っています」

「もう戦ってるつもりまでいってるんだ……」

わたしの最先端ぶりに驚くたるちゃんが、あ、となにか思いついたように笑顔になる。

「じゃあしまちゃんとジャングル行ったら、ピラニアはまかせるね」

「まかせろり」

捕まえて現地の人みたいに焼いて食べてやる。うーむ、焼き方も勉強しないと。

「たるちゃんはワニね」

「えっ」

「たのもしいぞ」

ワニには勝てそうもないのでたるちゃんにまかせた。

「わ、ワニっすか」

「しゃーく！」

「それサメだよ」

「……しゃーく」

サメらしく水の中に沈みたくなった。泡をボコボコしながら、ワニって英語でなんだっけと思い出そうとする。わ……わ、ワーニー。

ワニみたいにゆらーゆらーと顔を半分出して動き回った後、たるちゃんの元へ帰る。

「おかえりしまちゃん」

「ほっぺ冷えました」

これでたるちゃんの前でもまた背を伸ばして生きていける。

復活したわたしを見て、たるちゃんがほっとするようにこーっと、目の端を下げる。

「いっしょに行けるといいねー、ジャングル」

「え、行きたいの？」

木の数と同じくらい危険がいっぱいなのに。意外といんでぃーでじょーんずのたるちゃんである。探検隊とか好きなのかもしれない。

たるちゃんはまだ見ぬピラニアにびくっとするように仰け反るけど、プールを見まわして。はしゃぐ子たちが飛び跳ねて生まれた波に肘を揺らされながら、ふわふわしたお菓子のように甘い笑顔を浮かべた。

「しまちゃんとなら、いいよ」

ばしゃりと、誰かが水面を蹴り上げた音が駆け抜けて、遅れて風が来る。

たるちゃんは、一番の友達だ。

これからもずっと仲良しが続いていくと思うし、どこに行くにも、たるちゃんといっしょじゃないわたしは想像できなかった。一年後の献立が、少なくとも今は見えていた。

だから。

わたしもたるちゃんとならいいかも、と思ったのだ。

その気持ちを、おたけびみたいに上げる。

「しゃーく！」

「だからそれサメだってば」

勢いで乗り切って、たるちゃんを四回くらい食べた。

「ふしぎだ」

「なにがー？」

プールから上がって更衣室の隅っこで着替えていると、たるちゃんがくんくんすんすん、こっちに向けて鼻を鳴らしている。

「一緒にプール入ったのに、しまちゃんの方がえんその匂いがする」

「えんそ？」

「プールに入ってるやつ」

「そんな隠し味が……」

水の味がちょっと変だとはいつも思っていたけど。

髪をがしがし拭いてから、ゴム紐を見つめる。行きはお母さんにやってもらったけど、帰りはどうしよう。

「うーむ……」

人差し指に引っかけてくるくる回しながら、ちょっと悩んで。

よし、やってみるかとまだ濡れている自分の髪を摑む。絞るように髪をまとめて、ゴム紐に通して試す。低い位置だとなんとかなりそうだけど、さっきみたいに高い場所で結ぶのはなぜか難しい。上手くいかなくて強く髪を引っ張ったら、ぎょえーと悲鳴を上げた。わたしが。

「しまちゃん、やったげよっか」

着替えながら見ていたのか、たるちゃんが立候補してくる。

「たるちゃんできるんか？」

「できるともさ」

「ではまかせろる」

「なに言ってんのか分かんねーぜしまちゃん」

ゴム紐をたるちゃんに譲って、背中を向ける。

「寝首をかいてはいけないよ」

「しまちゃん立ったまま寝てるの？」

「がんばればいけそう」

特にめいっぱい泳いだ後は。

眠気のシャボン玉が浮かんではぱちんと割れるのを、何度か見守った。

その間に、たるちゃんがわたしの髪を結び終える。更衣室の壁際まで移動して、結び目を確認してからたるちゃんに向き合う。髪の感触がなくなった耳を、ぴくぴくと動かした。

「頭軽くなる感じがいいよねー」

「うん、しまちゃん……かわいいじゃん」

「ぬはは」

褒められてほっぺが上擦りそうになる。言葉が蟬（せみ）の羽みたいに顔にビシビシ当たる感じだった。

「でも右にずれちゃった。もっかいやらせて」

「あ、いいいい。たるちゃんがこう結んだならこれでいいのだ」

人の頭に引っ付こうとするたるちゃんの手から逃げる。きゃーと走ったら、なぜかたるちゃんに笑われた。

「なぜ笑うんだい」

「しまちゃん、走り方が変だもん」

「なにぃ」

両手を前に突き出して走っている自分を改めて見下ろして、変かな？　と首を傾（かし）げた。

それはさておき、と手首から先を横に振る。

「たるちゃん……大事なのは気持ちなんだぜぇ？」

ぱちゃぱちゃ、プールの水が跳ねる音が聞こえた。

「気持ちはここにあるかな？」

結んで垂れた髪の先端を摘（つま）む。墨汁を含んだ筆先みたいに濡（ぬ）れていた。

きゅっと摘むと、水滴がじゅっと滲んでくる。たるちゃんの気持ちはやや冷たい。

そのたるちゃんが、両手をこねこね混ぜながらやや俯きがちに頷く。

「いっぱい、うん。いっぱいあるよ！」

「じゃあこれが一番ですな」

これにて一件落着、ほほほと笑って締める。

着替え途中で水着と服の中途半端なたるちゃんも、うんうん頭を振っていた。

たるちゃんも着替え終わってから、二人で更衣室を出る。まだ水中にいるみたいに身体がふわふわ揺れている。これからお昼ご飯を食べて、ぼーっとしている時間は気持ちと身体が一番ゆるい。楽しいとはまた違う。幸せってなんだろうって考えると、そういうときだと思う。

「ねぇ、後でしまちゃんち行っていい？」

たるちゃんがプールバッグを蹴るように揺らしながら、わたしの顔を覗いてくる。

「このまま来ればいいのでは。うむ、どっちかというとかしこい発言ですねこれは」

「お昼ごはんまだだもん」

「あ、そっかー。じゃ、わたしもごはん食べて待ってる」

その後はお昼寝も悪くないと思っていたのだが……あ、そっか。たるちゃんと一緒に寝たらいいんだ。

うむ、一歩かしこい寄り。

「しまちゃんの妹、わたしのこと覚えてるかな？」

「どうかなー。わたしの顔も時々忘れてるけど」

「へぇー。しまちゃんって一度見たら忘れそうもないのに」

色んな意味で、とたるちゃんが少し早口で付け足した。

その色んなをちゃんと分けて正解できるのがきっと、かしこい寄りなのだなと思った。

「じゃあまたすぐね、しまちゃん」

「またねー」

深い用水路が流れる曲がり角まで来て、たるちゃんといったん別れる。たるちゃんが途中から走り出したのを見て、わたしも走るか迷って、走るなって前にお母さんに怒られたのを思い出したので、早歩きで行くことにした。

足の裏からしまちゃん汁的なものが溢れているのか、靴の中が少し湿っぽい。

歩くごとに足よりまぶたが重くなってくる。プールでちょっとはしゃぎすぎたみたいだ。

でも楽しいから仕方ないなー。

たるちゃんも来るし、目をギンギンにしておかないと。くわっと見開いていたら、目の下が蒸発しそうなくらい痛くなった。おかげでちょっと眠くなくなった気もした。

あー、って空に向けて大きく口を開けて、見えないものを噛みしめる。

ぐっと奥歯が潰したそれが、自分の中でばんばんに盛り上がった。

もう少ししたらおじいちゃんの家に遊びに行って、ゴンに会える。

ついでに隣の家のおねーさんにも。

楽しいことしかないな、夏休み。

「そういうのが、ずーっと続くといいなぁ」

夏休みは始まるときはずっと終わらないような気持ちで眺めていられるのに、気づくと時間がなくなっている。おんなじような毎日なのに、わたしは確かに前に進んでいるみたいだった。

小学生になって、もっと歩いたら中学生になって、いつかは高校生になって。

それは多分、とてもいいことで。

だけど夏休みはぜんぜん終わってほしくなくて。

てつがくてきなわたしだった。

いつか、終わるとしても。

どうか、夏休みが一日でも長く。

小学生ならみんな思ってそうな、ありふれたお願いを抱いてその日の下を歩いた。

左が田んぼで、右が柿畑の道に入ると土の乾いたような匂いが強くなる。と、その道の向こうから歩いてくる子に目が行く。

昼間の中だと背景の空に溶けそうなくらい、真っ白な肌の子だった。背はわたしより高そうなのに、猫背だから頭が低い位置にある。少し青みがかったように見える黒い髪の向こうには、細めた目と辛そうに結んだ口元が見えていた。

プールとは無縁そうな雰囲気の子からは、塩素の匂いはまったくしない。

本当につまんなそうに歩く、知らない子とすれ違う。

その子は、夏休みが長くなることをまったく願っていそうもなかった。

その珍しさに釣られたのだろうか。

「楽しくいこーぜぇ」

聞こえないつもりで呟いたけど、ばばっと振り向かれたのでこっちがびっくりした。そんな気はなかったのに話しかけられたと思ってか、女の子が戸惑っている。歩いているときよりも背中がしっかり伸びて、そうなると陰のかかった顔はわたしよりも一つくらい年上に見えた。

はーいと手を振ったら、黒い髪の子はそそくさと前を向いて行ってしまう。

ついでなので、ばいばーいともうちょっと手を振っておいた。

「うむ」

きみはつまらないかもしれない。でも、わたしは笑う。

いこーぜと言ったからには、いくぜ楽しく。

いつか追いついてくるのだ、知らない子よ。

あっはっははは。

『little ancestor』

蟬が鳴いているのを聞くと、つい遠くを見ようとしてしまう。

ああ、いるんだなって感じる。それだけ。自分と空間に隙間ができるっていうか。

少しだけ、解放された気持ちになる。

まぁいいや、と靴を履く。顔を上げて、五秒待つ。

「ふむ」

蟬の鳴き声だけだ。

「さーて、スーパー行くかー」

正面の扉に向かって言うと、廊下の途中からいきなり足音がし始める。降ってきたように。

「おともしますぞママさん」

「お、今日はイルカか」

振り向くと、イルカ姿の宇宙人がのったのったと走ってきて明らかに人類に不可能な角度の跳躍を果たし、他人様の頭を飛び越えて玄関に軽やかに降り立つ。それはいいとして。

「靴履いてから玄関降りな」

「勢いよすぎました」

戻ってきたイルカがこの間買ってやったゴム草履に足を通す。イルカの爪先は明るい。水色の爪が仄かに輝いている。爪の滑らかな形と相まって、指先に波が流れているようだった。

そのイルカを摑んで背中に回すと、よじよじと頭に上ってくる。陸の上を歩かせるとちょろちょろ自由に動き回るので、こうやって連れて行くのが一番楽だと最近学んだ。頭に乗せといても軽いし。

そもそも宙に浮かんでいたりするので、人の頭にくっついてなくても大丈夫そうだった。

「ちゃんと摑まっておくように」

「はーい」

イルカに乗った少年はいるがイルカを乗せた女はなかなかいまい。

プレミア感溢れる出発だった。

外は昇る太陽に釣りあげられるように気温をぐんぐん上げて、朝方にはあった微かな爽やかさなんてとっくに蒸発している。人差し指を戯れに宙に伸ばすと、その指に蟬の鳴き声が留まるような気がした。

蟬の声は、合わせて振動するように記憶を揺らす。

揺れてこぼれ落ちて、色々と思い出す。

これまでの夏を雑多に纏めたダンボール箱を、ふと覗くように。

そして夏ナウに戻ると、時々、顔の横にイルカのヒレだか尻尾だかが揺れるのが見える。

「イルカなんて水族館で見たの、小学生が最後かも」

娘が小学生ではなく、私の小学生だ。久しぶりに水族館に行ってみるのもいいかもしれない。

そのうち、家族で。

「ほほぅ、水族館」

「あんた行ったことある？」

「ありませんが、パパさんと見たテレビに映ってましたぞ」

「ふぅん」

もし行く機会があれば、こいつも連れて行ってやるか、と淡く思った。

通りに出て人とすれ違うと、頭の近くを二度見してくるのでちょっと面白い。陸上だし、イルカだし、あとイルカの口の間から頭出てるし。面白い要素しかないものは、いいものだ。

「よしイルカ、なにか話せ」

信号待ちに引っかかったところで、退屈しのぎを要求する。

この居候の話は興味深いものが多い。既に私は過去から現在に至る宇宙の在り方を三十個くらい知ってしまったのだ、スーパーに行って帰ってくるだけで！

「この間の話の続きとかどうよ」

旦那に勝ち誇ったらすごいねほーんって言われた。ほーんが若干ムカついた。

「このあいだ……どのお話でしたかな？」

「私も忘れた」

あっはっははと思わず笑う。

「さもその続きってことにしてなんか話してくれたらいいよ」

「ではそうですねー……この間しょーさんに魚用のご飯を一緒にもらった話にしましょう」

「宇宙の話じゃねぇー」

でも面白そうだからそのまま聞いて歩いて、そんなこんなで馴染みのスーパーに到着する。

スーパーのひんやりとして、ちょっと魚類の匂いの混じった空気を嗅ぐと目の前が明るくなる気がする。独特の高揚感は肌をこそばゆく刺激して、足と靴を溶けて混ぜるように軽くする。

「ママさん、お菓子コーナーはあっちですぞ」

「今日は行きませんですことよ」

「おや？」

うーむ、と野菜コーナーを一緒に巡りながらイルカが唸る。で、そっとヒレが前に出る。

「菓子パンコーナーはあちらですぞママさん……」

「なんて偏ったナビだ」

ナビの行きたい方しか指さないナビというのも新鮮かもしれない。

私みたいなやつね。

「いや、そういえば……いたわ」

私の足を押して、お菓子コーナーに連れて行こうとするやつ。あっちでーすって。首根っこを摘んで、そのまま運んでやるときゃっきゃ上機嫌になったものだった。

子供とスーパーに来る感覚か、この懐かしさでこそばゆくしてくるのは。

下の娘もついてこなくなっちゃったし。

なるほどねぇ、とイルカの小さなヒレを突っつくのだった。

「どーしました?」

「なーんにも」

精肉コーナーの前を通ると、いつも担当しているお婆ちゃん店員と目が合う。

背が低いので、覗き込まないとショーケースの向こうに帽子の先しか見えない。

「しゃす!」

先手を取って高校球児になってみた。お婆ちゃんは「あらあら」と頭にくっつくイルカに目を丸くしている。

「暑くないの?」

「こいつひんやりしてるから夏は気持ちいいよ」

冬の寒さとはまた違う、柔らかい涼やかさがある。杏仁豆腐の温度に似てるかもしれない。

「こんにちはー」

すっかり顔なじみになったイルカがお婆ちゃんに挨拶する。

「いつも仲いいねぇ」

「ママさんとはよいお友達ですぞ」

「ママなのに⁉」

「別にお母ちゃんが友達でもいいべ」

母親だから愛するとか、そういうのは無条件じゃなくて……相手が母親だから、なにを求めるか。関係性への答えはそうやって点を拾って、間の線を自分で考えて繋げていくものだ。

だから娘がお母さんと友達になりたいと思うのなら、私はそれに向き合う。

彼女立候補でもとりあえず話は聞く。

精肉コーナーから離れると、イルカが人の頭上から覗き込んでくる。顔にかかるのが水色の明るい影というのも新鮮だ。

「ママさんとお友達なのはおかしーですか？」

「いや全然」

言うと、口や目を横に伸ばして平べったく笑った。

「ふふふ、仲良しさんですな」

ご満悦なイルカがぺちぺちと人の頭をヒレで叩く。

「ま、仲はいい方じゃない？」

「その言い方、しまむらさんに似ていますね」

「……ふふん」

私もしまむらさんだからな。

会計を済ませて、店の外側に面した細長いスペースに向かう。そこの机に籠を置き、買い物を鞄に詰めていく、のだけど。俯くと、イルカの尻尾が垂れてきて頬をびちびち叩くので邪魔。

「一回降りな」

「はーい」

するすると背中を滑ってイルカが着地する。問題なく二本足で立つイルカであった。

そしてじーっと側で見上げてくるので、大根をサッと持ち上げる。

「わー」

なんかヒレが上がった。

シュッと下げる。

「おぉー」

なんか仰け反った。

いかに適当に反応しているか分かって好印象だった。

なぜなら、私もいい加減だからだ。

宇宙人を適度に楽しませて、買ったものを鞄に詰め終える。

「よーし戻れ」

「わー」

大根と同レベルに喜んで人の背中に飛びついてくる。

「そういえばあんたの両親ってなにも言わんの？」

「はい？」

よじよじと私の頭に戻ったイルカが、私の肩に足を載せながら疑問の声を上げる。

「毎日うちにいるからさ。たまにはあんたの顔見たりしたいんじゃない？」

人の親としてはその辺、気にならないこともない。

「わたしのパパとママですか。んー……はて」

「はて？」

「どっちなのでしょう」

「ほう、多様性ある人物なのかね」

なにやら込み入っていそうだった。ちょっと会ってみたくなる。

帰りもイルカを頭に載せつつ、驚かれたり手を振られたりしながらゆったりと歩く。顔周りの熱がイルカに吸収されているように、夏の霧めいた感覚が遠ざかる。便利だ。

帰り道の途中、鳴ってもいない踏み切りの前で立ち止まり、まだやっていることを表の黒板から確認する。

よし。

「たまにはオシャァな感じのカフェに連れて行ってやろう」

「おしゃあですか」

ぐっとガッツポーズするイルカに笑っておく。幼い娘と同じ発想、仕草だった。

「表に氷と書いてありますが」

「超シャレオツ」

ほほーぅ、と宇宙人が地球の文化を感心しながら見つめている。うむ。今日も文化的な人間になってしまった。

中は二つのテーブルとカウンター席しかない、年季の入った狭い喫茶店だ。全体的に内装が茶色いのが木製なのか単に歳月を固めて形になっているだけなのかはっきりしない。洞窟に色々と物を置いたような雰囲気で、夏場は冷たさを覚えるので丁度いいのかもしれない。

「っしゃーーい!」

言われる前にこっちからいらっしゃいしてみた。物凄く迷惑そうに目元をしかめた爺さんが、カウンターの向こうで顔を上げる。うわぁ来たよと言わんばかりの苦そうな口元が期待通りだった。

「なんと今日は私自身が客だ! 最高か?」

「お前、自分の声をうるさいと感じないのか?」

「ん、ぜんぜん」

「そりゃ羨ましいな。それで……」

爺さんの目がイルカにじーっと向く。

「こんにちはー」

「……イルカに挨拶されたのは初めてだ。こんにちは」

長く生きてみるものだな、と感動していた。安い爺さんだ。

「おかしいやつとは思っていたがまさか魚類の娘までいるなんてな」

「あー、うちの旦那八割くらい半魚人だから」

「やはりか……」

納得していただけたのでよし。

イルカは魚類ではないのだが。

「知我麻社と申します」

「へー、そんな名前だったんだ」

初めて知った。いや前にも聞いたかもしれないけど、忘れた。普段呼ばないし。人の顔は簡単に覚えられても名前は妙に記憶に残らない。安達ちゃん母の名前も絶妙にうろ覚えだ。

確か、桜……華……桜華。そう、桜華だ。典雅な名前である。

「なんて親なんだお前は」

「反省してまーす。ほら、好きなの注文しな」

イルカを促す。イルカってなに飲むんだろう。……海水？

「おしゃあなカフェといえばふらぺちーのですな！」

「お、よく知ってるじゃん」

「ふふふ……昨日パパさんがテレビに注文していました」

「でもないよそんなもん」

「な　に　ー」

「よく見なさい、この店のどこにフラとぺーとチノがあるのだ」

目を凝らしたらぺーは潜んでいる気もする。フラとチノは語感的に駅前のドトールあたりに座っていそうだ。

「フラとぺとチーノと無縁の女がよくも言う」

「あぁ？　私毎日女子高生とお茶してるけど」

嘘(うそ)はついていない。そしてフラペチーノはさておき。

「あんたかき氷食べてみたら？　そういうの好きそうだし」

うちでもかき氷は振る舞ったことがないはずだ。そしてこの店、本当にかき氷があるのだろうか。なにしろ年中表に氷の旗がぶら下がっているような状況なのだ。

「おしゃあですか？」

「全身オシャレの助」

「ではかきごーりをいただきましょう」

「はいかき氷ね」

あるんだ。実在したことに安く感動してしまう。

「私カツカレー！」

「自己紹介いたみいる。アイスコーヒーでいいな」

「カツ要素は外してほしくなかった」

さっさと座れと追い返されるように手を振られた。で、その指は帰り際にイルカの尻尾を摘んでいった。気になっているらしい。

そのイルカが私の肩を飛び越えて、椅子の上に狂いなく収まる。仕込まなくても曲芸くらいはこなせそうだ。やるか水族館。でもイルカ以外いないし、明日にはキリンや虎になっていそうだし、家にある水槽も小魚くらいしか泳げないし、と問題だらけなので早くも頓挫しそうだった。

「おしゃあカフェで休憩とは、わたしも大分この星に馴染んできましたな」

くっくっく、とヒレで腕組みするイルカが得意げだ。

そういえばこいつは、なんのために地球にやってきたのだろう。観光かな？

向かい側に座り、鞄を慎重に置きながらイルカを見つめる。

イルカの瞳を覗くと、昼間にも拘わらず宇宙が見える。知らない星雲が渦を巻いているし、未知の星が強く瞬いては消えていくし、光が跳ねまわっては複雑に折り重なった模様を描いて瞳を形作っている。そのすべてが最後は中央の暗黒に吸い込まれていく。

そしてその暗黒の中にも次の輝きが、新しい宇宙が姿を見せ始める。

終わりがなく、始まりしかない移ろい。

コズミックというか、ストレンジというか、ドルフィーンというか。

「怪しい生き物よのぉ」

「ほほほ、ママさんには負けますぞ」

「なんだと」

超シャレオツカフェの椅子にお行儀よく座っているイルカよりその辺のお母さんしているだけの私が胡乱だと言うのか。

でも旦那に聞いたらそうだねと肯定しかねない。だいぶ前にも『きみは、アバンギャルドだね』と言われたことがある。

ギャルが何段階進化した先にあるのだろう。

「さっきのあんたの親の話だけど、パパとママがはっきりしないの？」

「そうですねー。考えてみましたが、正確にはそう呼べる存在はいないのでしょう」

「あん？」

パパママどころか存在が消えてしまった。なんだなんだと詰め寄ると、かき氷が出てくるのを待つ間の暇つぶしに、イルカが身の上話を始めるのだった。

「ちょっと昔、わたしたちは一つの個体でした。世界が生まれたときには、気づいたらその辺にいたのだと思います。ですがなにか必要があったのか、なんとなくなのかは知りませんが二十八体に分離したのです。最初は核となる一体以外に意思はなかったのですが、ほっといたら段々と芽生えたみたいですね。わたしはけっこー意識の芽生えが遅かったので詳しくは知らないのですが、そう聞きました。そして二十八の分離体すべてに意識が生まれたころ気づいたのですが、元の一体に戻る方法が分からなかったのです」

「はー。まぬけ〜」

不調の時計を分解したら元に戻せなくなった、みたいなやつね。

「ので、戻るのを諦めてそのまま宇宙をうろうろしています」

「あんたみたいなのがそんなにいるんだ。へぇー、眩しそう」

「宇宙を漂ったり、ずっと寝ていたり、槍を持って走り回っていたり、みんな好きに生きています」

「かき氷ご馳走してもらったりね」

「ほほほ」

イルカがコップの水を一気に全部飲む。残った氷をカラカラ鳴らして楽しげだ。

「宇宙の始まりからいるなら、結構長生きじゃん」

　多分。

「わたしは自我が芽生えたのが最近なので、まだ六百歳くらいですが活動できる時間はおよそ八億年ですね。それを過ぎると一旦、休眠期を迎えます」

「きゅーみんき?」

「およそ二万年ほど活動を停止して、粒子を再構成するのです。そしてまた活動を再開します」

「ほへー」

　数字が一々大きい。私の貯金残高もそれくらい急に増えないもんかねーと夢見がちになる。

「で、また八億年動くの?」

「てことはあんた、不老不死なんだ」

「そーなりますね」

「ふろーふし……んーむ?」

「老けんし死なんということ」

　死なないのはともかく、老けないのはなかなか羨ましい。

「そーですね、そーともいえますか」

　あっさりと頷く。見た目に反して凄い生き物だった。

うちの娘も、えらいのを拾ってきたものだ。

安達ちゃんもなかなか変だし、そういうのを引き寄せるものがあるのかもしれない。

「ふろーふしはおかしーですか？」

こいつはおかしいかどうかを結構気にする。目立たないように生きなければいけないとか言っているけど、日々のアニマールな格好は突っ込み待ちだろうか。

「そりゃあね。人間の限界は超えてるし」

「ふふふ、わたしは人ではありませんか？」

宇宙人が試すように問う。ので、上から下まで確認したけど、どう見ても違う。

「あんたイルカじゃん」

そして昨日はクラゲだった。

イルカはヒレや尻尾を振ってキョロキョロしてから、最後ににっこりした。

「それもそうですな」

「だろぉ？」

やはり突っ込み待ちだったか。長い振りだったなぁ、いやぁ。

そしてパパママがいないなら、これからもママさんでいいかと思うのであった。

などと雑談していたら、かき氷とアイスコーヒーが運ばれてくる。この爺さんはアイス頼んだのに湯気の上がるコーヒーを持ってくるくらい適当なのだが、今日はちゃんと冷えていた。

涼やかな透明の器に盛られた氷はシンプルにそれだけで、フルーツやアイスが付属していることもない。爺さんは三種、赤、青、緑のシロップをイルカの前に並べる。

「好きなシロップをかけて食べるといい」

「わー」

「サービスよくない？」

私のアイスコーヒーなんてミルクも持ってこないぞ。

爺さんはイルカの頭部を一瞥して、あくまでも無表情に言う。

「俺はイルカが好きだ」

「私は？」

「カツカレーは辛い歳になってな」

「お大事にー」

いっそ氷蜜シロップをコーヒーに入れてやろうか。イルカは迷った末、青色のシロップで氷の山を染めた。青い液体が染み入って、透き通った氷を染めていく。

まさに今、このイルカが世界に対して行っていることそのものに思えた。

「ではごちそうになりますぞ」

「あいあい」

「お返し、なにか、いりますか？」

途中から急にカタコト風の勢いになった。

「お返しぃ？」

「ご希望があればどうぞ。わたしはこれでもけっこーやりますぞ」

「けっこうやらなかったから悩んでんだけどね」

皿洗いに、床の掃除。やらせてみてもどうも危うい。

「なんでも叶えますぞ」

力強く言うので、「なんでもねぇ」と話に付き合う。

「私も世界征服とかそういう人並みの夢はあるけどさぁ……そういうのって、人に叶えてもらうか？　って部分があるじゃん。九兆円欲しいは人からもらうの嬉しいけど、世界征服はちょっと違うんだよねー。いや九兆円でもいいんだけど、世界征服もさぁ、惜しくて」

「はー」

イルカがぽけーっと口を開いている。分かりやすく、分かっていない顔だった。

まぁ、言語化が難しい差異と言える。過程と結末の重きの差というか。

歳取った頭には窮屈な問題だった。

「ま、とにかく世界はいずれ私が征服するってことだ！」

「おぉー」

「世界征服しても飲み食いした金はちゃんと払えよ」

「うま味ないねぇ」

やめようかな、世界征服。

子供が夢見たら本当にいつか叶えてしまうかもしれないし、大人がちょっと夢見るくらいが丁度いい気もするのだけど。

で、残るのは九兆円だけど、宇宙人に金銭を要求すると失敗するのだ。渡したお札をコピーして返してきて後で偽札を使ったと逮捕されるのだ。来年のミス・イウレガは私だ。

「あ、そうだ。それならかき氷一口頂戴」

かき氷もイルカ同様、何年もご無沙汰している。久しぶりに味わうのもいいと思えた。

「それくらいでいいでしょ、あんたから貰うものなんて」

そもそも私の奢りだから、拒否権など実はないのだ。

イルカは一拍置いて、にっこりとしながら、ヒレで器用にスプーンを摑んだ。

大きく氷を掬ったスプーンがこっちに来る。その指から氷まで揃った青色を出迎える。

「ママさんのそーいうところ、いいと思いますぞ」

「どーいうところもいいと思いますぞ～」

なっはははははははは。

『Ever15』

自分の焦るような気持ちの先走りと、ボールの弾む音が一致していた。

心臓を直接叩くようにバスケットボールを弾ませるそれを、わたしは気に入った。

蟬もまだ早起きに慣れていないのか、夜明けの中にその鳴き声は少ない。生温い熱の暖簾がずっと目の前にあるような、そんな歩き心地で町を行く。バスケットボールを地面に弾ませたときだけ、そんな夏の空気を一瞬引き裂くことができる気がした。

夏休みが始まってなおくすぶるなにかに突き動かされて、わたしはボールだけを持って一人歩いていた。朝方から容赦なく蒸し暑いけれど、日差しが本調子じゃないだけマシだった。

家を出てしばらく経ってから、親にも外出を言っていないし後で怒られるのかなと思って胃の底がチリチリしてきた。親の顔を見るのも、戻るのも、話すのも面倒くさい。

分かりやすく反抗期に浸っている自覚はあった。でも、気怠い。だからそこから抜け出せない。

家から結構な距離を歩いて、長い橋を渡る。大きいというか、上下に長い橋だ。幾重も螺旋を描く橋の下には、ろくに掃除もしていなくて端の黒ずんだベンチと、同じような扱いのバスケットゴールが設置されている。六角形のタイルの上でもボールを弾ませながら、バスケットゴールを使う人が他にもいないことを確認する。そりゃそうだ、こんな朝早く。せいぜい、犬と散歩する人が通りかかるくらいだった。

ゴールにゆっくりと近づき、適度な距離からボールを軽く放る。がこんと、リングの先端に当たって力なくボールが落下する。ワンバウンドしたボールを手に載せて、今度はちゃんと構えてゴールを狙う。体育館のゴールとは少し勝手が違うので、力の調整にまた微妙な差異が求められていた。

シュート練習だけは、いつも率先して行っていた。これが一番楽しいから。ドリブルも最初は上達を感じて楽しかったけれど、ボールを持ちすぎだと他の部員と喧嘩してからはあまり興味を持てなくなった。正確にはボールを床に叩きつけることは依然、心を弾ませたけれど相手を抜くことに関心が薄くなった。そしてわたしのバスケットは、シュート練習に行き着く。

ボールを放り投げるだけの単純な行いは、すぐに結果が出ることが長続きの理由であったと思う。わたしは目先のことばかり追い求めて、だからか、それなのに、勝手に将来に漠然とした不安を抱いているように思う。目の前しか見てないのに、遠くのことを考えている。

噛み合わなさに苛立っている自分を理解しても、どうにもできなかった。

その焦りを生んだきっかけに対してもわたしは、無力だ。

衰退していく友達に、なにもしてやれない。

跳んで、投げて、拾って。ボールとリングの間を往復するように繰り返していると、疲労でそのうち、頭が余計なことに悩まないで済むようになる。寝るのが好きなのも、そうした逃避の表れなのかもしれない。

　これだけ練習したシュートも、試合で決める機会は三年の夏には訪れなかった。顧問に反発した結果、嫌われてずっとベンチに座ってわたしの部活動は終わった。悔いは、大してない。チームの一員としてなにかを成そうという意識が最後までまったく芽生えなかったからだ。

……わたしを試合に使わない顧問は、正しかったのだろう。

披露する機会もないシュートだけが、少しずつ上手くなって、行き場を失っていた。

「お、入った」

たまたま、自動車の音が途切れていたせいかもしれない。

そんな独り言の範囲からはみ出さない小さな呟きが、背中の方から聞こえてきた。転がるボールを見失いながら振り返ると、あの汚いベンチにいつの間にか人が座っていた。

和服を着たその女と、綺麗に目が合う。

生活圏で見る機会のない格好と、そして顔立ちに一瞬目の中がぐらついた。

女は目を合わせたことに動じる様子もなく、親しげであるように微笑んでいる。もちろん、これまでにまったく面識はない。町ですれ違う人たちとは纏うものが明確に異なっていた。

透明で、氷の塊を見ているような……そんな気持ちになる。

洗練されているっていうのを、そう表現するのは適切なのだろうか？

とにかく、ざっくり言うと、都会っぽかった。でそのシティーで明らかに年上であるところの女は、一体なんなのか。ただ見られているだけでも正直、居心地が悪くなる。かといって話しかける理由も内容もないので、転がっているボールを拾いに行った。

ボールを回収してから、ついでのように振り向く。もちろん、まだいた。

和服の女がにこにこしながら、ずっとこっちを見ている。やりづらい。邪魔、と視線の険しさで伝えているはずなのにまったく手応えがない。微笑んでこちらを見ているはずなのに、なにも見えていないように。ていうかあのベンチ凄く汚いのに、平気な顔で座っていていいのだろうか。見るからに高そうな和服を着こなしているのに、そういった抵抗はなさそうだった。一人になりたいって気持ちもあってこんな朝早くに来ているのに、なんで出くわしてしまうのか。背中側からずっと視線を感じる。ボールを弾ませても、困惑が途切れない。

無視しきれないまま構えた結果、注目を意識して、肘が萎縮した。

跳ぶ瞬間の膝と上半身の動きがばらばらで、投げる前から外れるのが分かった。すっぽ抜けるように手応えなく舞い上がったボールがかろうじてボードの端に当たる。弾かれたボールを小走りで取って、その表面の手触りでなにかをごまかすように、手のひらをごしごし押し付ける。

「絵になるねぇ」

ぎょっと、飛び上がりそうだった。

声が後頭部を撫(な)でるように近い。仰(の)け反(ぞ)るように身を捻(ひね)りながら振り返ると、和服女が背後に立っていた。背丈の差もあって圧があり、改めてもう一度ぎょっと後ずさる。

「おはよう」

「……おはよう、ございます？」

万が一にも知り合いでこっちが忘れているという可能性を踏まえて挨拶はしたけど、ないわと確信する。こんな見た目の人、いくら人の顔を覚えるのが苦手でも忘れるわけがない。

その見た目というのは格好の馴染(なじ)みのなさ以外にも、淡い栗色(くりいろ)で耳にかかるセミロングの髪。艶に満ちた唇。触れたら汚してしまいそうで、想像さえ躊躇(ためら)うほどの白妙(しろたえ)の肌。柔和な表情はこちらの視線を軽く受け止めては散らして、反発が生まれない。漂ってくる香りは、具体的ではないけど花だってすぐ思い浮かぶ柔らかな刺激を与えてくる。

そして。

近くで見ると、なによりその瞳に目が行く。

淡い黄緑色の、異邦に呼び込まれるような美しい目だった。

「中学生でしょ？」

「……はぁ」

にまっと、正解したことを誇るように女が笑う。穏やかな顔つきなのに、笑うとき、楽しさを隠さない。

「三年生」

「……え、なにあんた」

名刺代わりの制服もないわたしの素性を当ててくる。その度に自分を構成する糸をするするすると引き抜かれていくような感覚があり、気持ちのいいものではなかった。

「ただの大学生でーす」

「……あ、そ」

どんな立場をただのと評しても収まらない格好と双眸(そうぼう)である。

年上だ、とその高い頭を見上げているだけで実感する。

「早朝からバスケなんて健康的でいいね」

「はぁ……」

なぜ声をかけてきたのか、という一番肝心なところがまだまったく分かっていなかった。

貸してくれと示すように手のひらを上向けてくるので、一拍置いて、ボールをその手に載せた。和服に、バスケットボール。美人。美人関係ない。和服なんてうちの町で、どこの人が着ているのか。町中に大きな屋敷はあるけど、あの家の人間だろうか。

「バスケットボールなんて、触ったのいつ以来だろ」

バンバンと、経験のない手つきでボールを弾ませてから見様見真似(みようみまね)みたいに構える。腕を上げるとき、和服の袖が肘に引っ掛かりながらも脱げて、二の腕まで露わになるのを、なんとなく目が追いかけていた。

「たとえばデート中にふとバスケットゴールとボールが見えて、お話ししながらなんてことないようにボールを構えて見事にシュートを決めてしまう」

「はぁ？」

和服女の放ったボールは直線的で、奥のボードに強くぶつかって跳ね返ってくる。慌てて中腰になりながら摑んだ和服女が、額の前にボールをかかげたままにこっとする。

「絵になるじゃない？」

「……なってないスけどね」

本当は、ちょっとボールを手にして歩いているだけでも十分人目を引きそうだった。細かい仕草の合間さえ、見る価値のある形を自然に作っている。

見た目のいい女というのは、それだけで世界に有利を取っているのではないだろうか。

「ふぅぅ……」

「なに、急にその溜息」

しかもわたしをじっと見て。

「中学生とは友達になるのがせいいっぱいなのが悲しいなと」

「……ちょっと、意味が」

「ま、それはそれで悪くないのかも」

和服女がボールを返してくる。そして自由になった手が、その人の笑顔みたいに花開く。

「今度会ったらバスケット教えてね。絵になりたいから」

小さく手を振る仕草が、年上を感じさせながらも可愛らしくて驚く。

共存できるんだ、そういうの……と、変な感想が出てきてしまった。

和服女は夏の生んだ湿度の暖簾を無視できるように、軽やかに去っていく。控えめな足音と伸びきった背筋を、ぼうっと見送る。変な女に声をかけられた。

……見送っていいのだろうか？　いやいいだろうけど……いいのか？

結局なんだったんだ、あの女は。

今度もなにも、今度なんて普通に考えたらまずない。わたしは毎日ここに通っているわけでもないし、時間も厳守していない。和服女がいつもここにいたとしても、わたしが来なかったら終わりだ。多分、どちらかが意識して動かなければ、次の偶然もやってこない。

だけどまたありそうに思えるくらいには、印象深い。

大して長いやり取りでもないのに、その存在は色濃かった。

見た目に加えて、その花の香りが頭の奥まで悪さしている気がする。

架空の花の花弁まで頭の中に咲き誇るようだった。

また来るのだろうか、と無人のベンチを一瞥する。

和服に、黄緑の瞳に、笑顔に。

わたしから縁遠いものが、宝物みたいに詰まっている女だった。


その早朝のバスケットゴールには先客がいた。

「…………………………」

来る方も来る方で、いる方も、いる方。そんな言葉が浮かぶ。

別に、と自分の頭に向けて舌先が短く否定してしまう。

ただわたしにしては早くに目が覚めて、家の人間がまだ寝ていて、物音を立てるのもどうかと思ったから外に出て、バスケットボールを手にしたらそれを生かす場所を求めて歩き出していた、というくらいなのだけど。それが二日目というだけだ。

「あ」

その人の振り向いた笑顔に出会うと、朝から茹だる夏の空気が一瞬取り除かれるような。

そんな気分になる、爽やかさがそこにあった。

見た目も含めて、涼しい人なのだろう。風通りがいい。穴だらけ、ってことかもしれないけど。

名前も知らない和服女が、自前のバスケットボールを抱えながらこっちにやってくる。

「このボールは昨日買いました」

「なにも聞いてない……」

人当たりの良さが正面衝突してくるので、かえって警戒してしまう。

「わたしも肘から上がすっかり健康的になっちゃった」

他は？　と足下から肩までを観察すると、なるほど動きづらそうだと感じる。

「運動するのに、そんな格好で来なくていいと思うけど」

こういうおべべしか着られない家の人という可能性もあった。そんな人が、こんな時間にバスケットゴールの下をうろうろしているのも、変な話だなって思う。

「格好はねー、仕方ないの。都合が色々あって」

和服の袖を摘(つま)んで、紹介するように広げて微笑(ほほえ)む。

「こういう服を着て、こっちに来ないといけない事情があるわけ。嫌いじゃないけどね、和服も。ただ重いから浴衣(ゆかた)の方がいいなぁ」

「はぁ……」

「おはよう」

こちらの反応をあまり気にしないで、穏やかな声で挨拶してくる。

「……おはようございます」

教師とか、忙しそうにすれ違う人たちは……なんていうか……距離のある大人。遠くの建造物みたいに、何年も前からそこにあって、景色で、見上げているだけで……固定されている？

上手く言えないのだけど、自分とは無関係な高さ。

だけどこの人は自分が背伸びした先にあるような……地続き、と言えばいいのかな。大人をちゃんと感じられる大人っていうか。部活の先輩よりもずっと、それを感じさせる人だった。

「ということで、ボールの投げ方教えて」

にこにこしながら、ボールを自慢するように掲げてくる。子供と大人の表情が簡単に入れ替わるから、ついその反応に注目してしまう。感情豊かなのか、もしくは情緒不安定なのか。

「教えるって言っても、わたしも適当に投げてるだけ」

「じゃあきみが投げるとこを横で見て学ぼうかな」

どうぞ、と場所を譲るように和服女が丁寧に後ずさる。そもそも教えるなんて約束した記憶がない、と思いながら前に出てリングを見上げる。いつも通り投げるだけでいい、と意識するといつも通りの骨子が歪んでいく。どうすればいいんだって叫びを振り切るように跳んだ。

違和感を抱いたままの肘が上手く伸びきる前に放たれたボールは、当たり前のようにリングから外れてボードに弾かれた。わたしが拾うのかって思いながらボールに向かって走った。

「足を肩と同じくらいに広げて、肘を高く上げる。この辺が大事っぽいね」

そんなところを見られていたのか、と視線の在処がなぜか気まずい。ボールを回収して戻ると、和服女がバスケットボールを手に載せながら出迎えるように笑いかけてくる。

「先生、他にはありますか」

先生という呼び方に脇腹がくすぐったくなって、服の上からぐしぐし、手の付け根で擦る。

「あとは……身体の中心に芯が通ってるイメージを持つと跳びやすい……気がしてる」

そこを真ん中にして、真っすぐ跳べばいい。それがずれると、上手く力が入らないように感じる。今みたいに。

「オッケー先生」

「先生じゃない」

「分かったぜ中学生！」

いくらなんでも思い切りよく切り替わりすぎではないだろうか。

和服女が足を開き、足下の履物は草履だった。およそ運動する格好ではない。でもボールを構えているだけでしっかり絵になる。和服の袖が下りて見える肘の真っ白さに目を奪われる。すべすべしてそう。

触ってもいないのにその肌の涼やかな温度を感じ取りそうになっていた。

その肘が溜めを作って曲がり、ボールを放る。

ボールは昨日より真っすぐ上がって、リングの手前にがつんと弾かれた。跳んだ和服女の髪や袖が上下すると、扇いだようにその花の香りがこちらへ大挙してきてむせ返りそうだった。

「リングに当たったよ」

「……そうですね」

嬉しそうに言われると、こっちが鼻を押された感じで反応が大人しくなる。和服女が弾んでいくボールを拾いに腕を振って走る。走り方がまったく大人しくなく、躍動的で驚いた。回収したボールをラグビーのトライみたいに、ベンチに持って行って置く。そして足を大きく振り回して、勢いそのままにベンチに座り込んだ。

「ちょっとお話しない？」

「お話……することある？」

「なかったらわたしが考えるよ」

やだかっこいい、と口の中で冗談めかす。こっちもボールを抱えて、和服女の側まで行った。ベンチは座る気になれないので、地球と月くらいの距離感で周りを歩く。

「じゃあ聞きたかったんだけど、なんでわたしに声かけたの？」

「んー？　女の子に声をかけるとき、下心以外は大した理由じゃないよ」

地面を草履の先端で掠めるように蹴りながら、その人は涼しそうに言う。

「……したごころ？」

「そしてきみには一片の下心もない。健全、極めて健全」

「なんの話をしているのか、ちょっと、レベル高い？　低い？」

判断に悩むところだった。わたしの困惑を、大好物を見つけたように和服女が食らう。

「ああ、わたし。女子高生が大好きなものです、よろしく」

名刺でも差し出すような調子で、胸に手を当てて自己紹介してくる。

声色と表情共に爽やかであり、感触が異なるのは用いた名詞だけだった。

「じょし、こうせい？」

「うん。そして女子中学生にはまったく興味が湧かない。そういうところの分別は欲望の根っこからついてるみたいで、頼もしいよ」

なぜこの女が誇らしげに目を細めて語っているのか分からない。

女子高生が好きな……美人。

和服。花の匂い。声優しい。

柔らかい。

要素多すぎて、混乱しそうだった。

「女子高生はいいよ、きみも来年なったらきっと分かる」

「いや……ぜったい、分かんない」

この人の語る大好きがどういう感情由来なのか、想像はできても共感は生まれない。わたしが高校生になって、同級生の女子高生たちをキラキラした目で見るようになる？

あり得なかった。

分からないことは、あまり放っておきたくない性分ではある。

でも女子高生のどこが好きなんですかって聞くのも、なんか足を踏み外しそうで怖い。ていうかそんなことを隠しもしないで堂々と言うとか、常識に神経通っていないのか。

「えっと、そういうタイプ……？　の人なんだ」

どう言えばいいのか言葉が上手く見つからない。女子高生好きって字面だと危ない匂いがするのは偏見というものだろうか。偏見はよくない。でも……偏見かなぁと首を傾げそうになる。

「そうだよー、女子高生専門」

「せんもん……」

専門とか、分野があるんだ。脳が今後使いもしないであろう知識を得て、膨れていく。

「でもそういうのとは別腹で、女の子とお喋りすると満たされるものはあるよね」

そうだよね、と同意を求めるような視線にどう応えればいいのかと目が探し回る。人間にもバスケットゴールがあればいいのに。人との会話はゴールがぜんぜん見えなくて考えることが多くて、最後はめんどくせぇーって大の字になって倒れ込みそうになってしまう。

「きみはかわいいから、これからもきっとたくさんの人が注目するし、近寄ってくる。わたしもその一人かもしれない。そういう人たちからいい感じの栄養分を摂取できるようになると、人生楽になるよ。そこはわたしも、女子高生に限らないようにしているんだ」

「…………」

最後の方は目を輝かせて遠くを見るように語ることではないとしか分からなかったけど、それよりも。

　さらっと、かわいいって言われた。

　爪痕はそこが一番深かった。

　吹いてもいない風が頬を撫でている気がして、ばたばた、落ち着かない。

「こうやって見ると、ゴールって高いし遠いねぇ」

　ベンチに座ったまま、和服女が手でひさしを作るように額に手を添える。

　わたしよりも背の高いこの人でもそう感じるんだな、ってその視線の先を思う。

「でもそれくらいの方が目指しがいがあるか。よし」

　ベンチを押して、ボールを掴みながら和服女が立ち上がる。そしてゴールではなく、市街へと目を向けたことで帰るつもりなのだと察した。

　もう帰るの、のもうがどこに由来するものか分からなくて口を噤む。

　和服女はそうしたこちらの反応を見透かすように、腕を組むように隠しながら流し目で笑う。

「きみに会えたから満足したよ」

「は？　………は？」

「そう、そういう顔が見られてね」

　和服女の微笑みに今、わたしはどんな顔をしているのだろう。

「きみがいないときもちゃんと練習しとくね。で、そのうち勝負しよう」

「勝負？」

「フリースロー、でいいんだったかな。そういうやつで。じゃあまた」

風呂敷を手早く畳むように、別れもあっさりとしたものだった。弾ませるボールに右左に翻弄されながら、和服女が楽しそうに歩いていくのを、立ち惚けるように見送った。

爪先からてっぺんまで、夢の続きと言われても受け入れそうな別世界の女だった。

「……また？」

またなんて、と思うけど二回あるなら三回、と意識がそっちに引っ張られそうになる。

明日来たら、また、和服女と出会うのだろうか。

大した知り合いでもない相手にも、一目で感じられるほどに表情が優しい。

どんな感情をもとに、その優しさが生まれているのか。源泉を覗きたいような、見てしまえば奥底のなにかと目が合って、戻ってこられないような。好奇心と恐怖がボールを奪い合うように揃って飛び跳ねている。

じわじわと指の付け根に湧き上がるものを感じて、ぞっとしなかった。

翌日は、朝も深まったあたりで目が覚めた。枕もとの時計で時間を確かめてから、寝返りを打って、それから跳ね起きる。一般的に、健全な起床の時間ではあった。寝ていないみたいに頭が既にはっきりしていて、それが逆に気味悪かった。

慌てることなんか、なにもないはずなのに。

明るさに満ちたカーテンの向こうを見上げながら、こんな時間にいってもいないかも、と思ったあとに自分でも驚くくらい、申し訳ないというかすっきりしない気分に陥って、よくないなって胸元をぎゅっと握りしめて背を丸めた。

馴染(なじ)んでしまうと、尾を引く。

そんな予感がして、思い出して、目を瞑(つぶ)る。

明日からはもうやめよう、って思った。


「やめようと、言ったはずでも、目が覚める」

小学生の夏休みは平気でいつまでも寝ていて母親に起こされたのに、中学生になってからは夏が来る度、暑さに負けている気がする。神経が表に出すぎていて、だから色んなことに過敏になっているのかもしれない。

昨日の失敗でも反省するように、浅い眠りから這(は)い出(で)た先は静まる夜の端っこだった。明け方に先んじるように、意識が地表から這(は)い出(で)てこようとしている。出るな、ってその頭を押さえつけた。

やめようと決めたのだから、起きても仕方ない。もう一度、布団(ふとん)の上に倒れる。目を瞑(つぶ)って、蟬(せみ)が鳴き始める時間まで眠ろう。そう思うのだけど瞼(まぶた)の奥で、目玉がそこにいることを主張するように重い。冴(さ)えているともまた違うしつこさだった。

二回会っただけの、知らない大人。なんとなく、百回会っても知らないままでいそうな、そんな大人の女性。格好もそうだけどなにより、その纏(まと)う香りが鼻を通り越して頭の中に充満しているみたいだった。

　このまま毎日会いに行くことになるのは抵抗がある。……なにが嫌なのだろう？　嫌悪感(けんおかん)は確かに存在して、でもその形が摑(つか)めない。表面をいくら撫(な)でても、その形がなんであるかを言い当てることのできないもどかしさ。悩んでいるだけで肌がじとじとしそうだった。

　すっきりしなくて目を閉じたまま頭を掻(か)く。乾いた髪が指先を気軽に裂くようだった。

　いつもはもっと違うことを考えて、勝手に俯(うつむ)いているのに今はあの和服女のことばかり考えている。嫌だな、ってまた頰の内側を感情が舐(な)める。苦い味がした。早朝からの蒸し暑さと合わさって、不愉快なものしか生まれない。解消する方法は多分、あの女に会うこと。

会えば一時は消える。

ヤバい薬みたいな女だ、ってちょっと笑った。

笑い声が漏れて、わずかに目を開くと。

ぎょっとする。

横の布団で寝ている妹の目がぱっちり開いて、じーっとこっちを見ていた。

「え、あー……起こした？」

小学生になってから、布団を分けて寝るようになった妹。でも時々、こっちの布団に入ってくる。今日は入ってこない代わりに、じぃっと幼い視線が注がれる。

「おねーちゃん、どっかいくの？」

「え？」

「朝、どっか行ってる……」

気づいていたのか、と少し驚く。

「別に……散歩だよ」

「おさんぽなら、おねーちゃんといく」

「えぇ？」

「あたしも行くの」

「あんたね……」

「いいじゃない、たまには一緒に遊んであげな」

薄暗がりの廊下からいきなり声をかけられて飛び跳ねそうになった。

次いで部屋の扉が開く。

母親が腕を組みながら待ち構えていた。

「トイレの帰りだよ。声がしたから忍び寄った」

「あ、そ……」

「で、娘様は朝からどこ行ってるのさ。彼氏？　男か？　あいびきぇぇか？」

「バカじゃないの」

横を向いて、舌が引っ込みそうになったところでこらえる。

「あ、今舌打ちしそうになった？」

「うっざ」

「ふん、そんなことはみんな知ってるよ」

まったく堪える様子もなく、母親は笑ってさえいた。脇腹を突っついてくるのが鬱陶しい。

「まったく。昔は可愛かったのに」

「あそう今は可愛くないのね」

「うん。ぶっさいくな顔してる」

あまりに明け透けで無遠慮な物言いに、言葉を失いそうになる。

血の気が顔面を上下フリーフォールで、温度差に寒気さえした。

「あ、怒った顔はちょっと可愛い」

腕の血管を、泡が流れ落ちていく。その泡が、指先を震わせた。

「うっせぇよもう……」

なぁ！　って続く叫び声を奥歯で噛み続ける。

床を思い切り踏みたくなる衝動を抑えるのは、本当に、本当に大変だった。げっそりしてその場で倒れそうになるくらいのエネルギーが必要だった。叫んで、顔を掻きむしって、叫び続けたいくらいになにもかもが鬱陶しい。それでもそうしなかったのは、側に妹がいるからだった。

胃が熱いまま、もう母親を無視することにして玄関へ向かう。

行く気はなかった。でも、ここにいたくなかった。

妹もとことこついてくる。

「…………」

ここで妹を説得する元気はもうなく、隣に小さな靴を揃えて置いた。

「気をつけてね」

「…………い」

ちぎったキャベツの端っこくらいの、小さな返事しか出てこなかった。

幼い妹を連れ立って、まだ静かな町に溶け込むように歩く。繋いだ妹の手が時々わちゃわちゃと動いてくすぐったい。

「けっこう歩くよ」

「おさんぽ好き」

「……そっか」

妹に強く出る無意味さを知っているだけ、わたしは、まともだと信じたかった。

いつもの道を、いつもよりずっとゆっくり歩いていく。妹と握る手が汗で滑ってきた頃に螺旋橋を下りて、いたらいたときと気持ちを固めて様子を覗く。

夜の残滓が生んだような暗がり。

ベンチにもゴール下にも、あの人の姿はなかった。

それを確認して去来した、空っぽの箱みたいな気持ちはどこに飾ればいいのだろう。

「バスケットしてたんだー」

妹をゴールの下まで連れて行くと、リングを目指すように小さく跳んだ。片側だけ結んだ髪が大きく上下しているのを見ると、固まり始めていた怒りの表面がぼろぼろと崩れていく気がした。

一緒に遊ぶって、妹とバスケットボールでなにすればいいんだ。

さすがのわたしでも、妹と真剣勝負して打ちのめそうとは思わない。

「……ん」

妹を抱き上げる。

「わぁっ」

高さを確保して、ボールをその小さな手に渡した。

「ばうんばうんさせて」

「おー、うん」

言われたとおり、妹がボールを地面に投げつける。そして弾んだボールを、高さと位置を調整してその手で受け止めさせる。両手をばちんとボールにぶつけると、思ったより跳ねて戻ってきた。結構、力あるんだなと小柄な身体を侮っていたことを知る。

そんな風に、妹の大きなドリブルを手伝って、ボールを追いかけた。妹もその力が示すとおり、段々と身体が大きくなっているのを抱えた重さで痛感する。最初は足も軽やかに交差して行ったり来たりしていたけど、次第に息が上がり始めた。

どうせ誰もいないからと息を荒げて、ひぃこらしていると手と地面を行き来するボールの間に視線を感じた。振り向いて、額に浮かんでいた汗が流れて目の端に滲みながらも視線を追う。

ベンチに座る和服女が、いつもみたいににこにこしていた。

「いつの間に……」

「今さっき」

和服女が立ち上がって、こっちに歩いてくる。腕の中の妹が若干、警戒するようにわたしに寄りかかってきた。靴とまた違う足音が丁寧に、しかし真っすぐこっちにやってくる。

「おはよう。きみの……妹？」

首が縮こまって、恐る恐る見上げている妹に和服女が微笑む。

「かわいいさかりのお歳と見受ける」

「おねーちゃん、だれ……?」

妹が小声で尋ねてくる。誰と聞かれてもわたしも困るのだ、妹。

「ねえちゃんの……友達」

一番分かりやすく伝わり、丸く収まりそうな返答をでっち上げた。

「わたしはね、今あなたのおねえちゃんにバスケットを教えてもらってるの」

そう言いながら和服女が少しだけ膝を屈めて、妹と目線の高さを合わせる。

「お嬢さん、こんなのしかないけれど良かったら」

和服女がたもとから、小さな袋を取り出して妹に差し出した。

「なぁに?」

「鳩にあげるための豆」

「……本当にこんなのしかないの?」

「あっはっはっは」

音が高い位置を跳ね続ける、気持ちのいい笑い声だった。

「はといないよ」

妹がタイル状の地面をきょろきょろと確かめる。

「餌付けすると居ついちゃうから、しかるべき場所と相手を選ぼうね」

じゃあなんで渡した。

妹にはまだ難しい話で、戸惑うように豆の袋をぎゅっと握っていた。

「鳩がいないときは、わたしはこうしてるよ」

袋を紐解き、和服女が乾燥した豆を自分の口に運ぶ。カリポリと、小気味いい音が唇の向こうから聞こえる。食べた、と目を丸くしていると妹も倣うように、豆を口に入れてしまう。

「あ、ちょっと」

「だいじょーぶだよ」

和服女改め鳩女が呑気に豆を呑み込む。妹も最初は景気よく噛んでいたけど、段々、その眉が中央に寄ってくる。

「あじうすいっ」

「でしょー？」

満足したように笑いながら、和服女はもう一粒豆を摘んで口に放り込む。

「食べる？」

一人口が暇そうなわたしに、和服女が確認してくる。

「結構です」

「うんうん」

どう返事してもそんな風に頷くつもりだったのだろうと分かる、適当な頭の動きだった。

「お花のにおいがする」

すんすんと可愛く動く妹の鼻に、和服女が顔を寄せる。妹は近づいてきたそれにびっくりしたように肩を上下させながらも、匂いの出所に気づいたらしい。

「お花の人」

妹が勝手に命名した。

「いいね、それ」

和服女はお世辞ではなく嬉しそうに、頬をほころばせる。

「ここでお花が出せるといいんだけど、こんなものしかなくて」

「まだあるんかい」

豆をもう一袋取り出す和服女に、妹が頬を緩めた。にやーっと、だらしなく笑っている。受けたらしい。

「お豆の人だー」

「んー、お花の人の方がいいな。そっちにしてよー」

和服女の頼み込むような声と合わせた手に、妹はまだまだ笑っている。わたしはともかく、大人しい妹までこうして、同じ水に溶けあうように馴染むとは思わなかった。それもあっという間に。

整った中に微かなあどけなさを見せるのが、うまい呼び水なのだろうか。

……どうせいるなら、頼んでしまうか。

「あの、ちょっと妹見ていてもらえますか」

腕疲れたし。それに、抱えていると自分が練習できない。

でもそれを聞いた途端、和服女の語気が少し強まった。

「だめだめ、なに言ってるの」

お説教でもするように、腰に手を当てる。

「少し話したくらいの人間がいくら外面いいからって、妹を預けるなんてもっての外」

「む……」

今までどおりの整った声に、言動まで急に正常になったことで説得力が厚みを持つ。

「いい、そんな簡単に人を信用しちゃ駄目。大事な妹なら、自分で手離さないで守りなさい。変質者っていうのはね、ちゃんと見た目を整えて獲物を狙うものなの」

「……あんた、変質者なの?」

「まぁ、そういうときもあるよね」

んー、と和服女が難しい問題と向き合うように目を泳がせる。

「普通はない」

普通には見えないけど。

「わたしはさておき、妹は大事にしなさい。わたしはしないかもしれないけど」

「妹いるの？」

「さぁー」

軽薄に首を曲げて、著しく偏った目が空を捉える。唇は半月のように歪めて笑っている。なんなんだ、この人は。だけど言わんとすることは正論であり、そして不思議にその言葉に反発が生まれない。声に一切の尖りがないからだろうか。

でも尖りがないということは、掴みどころもないということでもある。

「いたら大事にしようかなーって気にはなった。きみのお陰だね」

「お陰って……」

なにもしていない。

「きみがそうやって妹を大事にしてる姿が、ああいいなって思ったから」

大事に……してるように見えるね、と腕の中の妹を見下ろす。これでしていないという本心が持てるほど、わたしは複雑な人間になれない。単純なのだ、すべてが。

「ということで、妹と一緒に遊んであげなさい」

和服女がまた妹に目線を合わせて、穏やかに笑みを浮かべる。

「きみもおねえちゃんと遊びたいでしょ？」

「……うん」

答え合わせを終えて、和服女がにこにこわたしを見上げる。そして急に、にかーっと歯を見せた。

「でも一人でほっとかれると暇だから一緒に遊ぶというとこで手を打とう！」

「……誰が手を打つのか」

「わたしだ！」

　ぱちょーんと、和服女が妹と手を合わせて盛り上がる。人見知りの激しい妹がそんなことに付き合い、にへーっとしているのを腕の中で確かめて、逆に少し、警戒した。

　この人は、人の心に入り込むのが上手いのだろう。あっちこっちに意識を揺らして、気が緩んだところにすっと歩み寄ってくる。それは優れた容姿や、笑顔の作り方、声の弾ませ方に言葉の選び方といった様々な要素が上手く働いているのだろう。そして、それを意図しているか、偶然の噛み合いかでその恐ろしさが変わるのだと思った。

「なにして遊ぶ？　わたしこんな格好らしくお手玉とか得意だよ、今お手玉ないけど」

「おてだま？」

「あ、まずそこからかー。世代差感じちゃう」

　和服女の手がこっちに催促するように伸びる。上向けた手のひらをじっと見て、ボールを譲った。今日の和服女はボールを持ってこなかったらしい。そのボールを、中腰の和服女がババババっと高速で弾ませる。見せつけるように、妹に向けてにやっと勝ち誇る。

　がんばっているけどこれはお手玉じゃなくてまりつきではないだろうか。

ふふふ、と得意げな和服女に釣られて、妹が手を伸ばす。その手にボールを渡してから、和服女がこっちにやってきて軽く肩を叩く。

「おねえちゃん、教えてあげて」

酷使した右手を振りながら、交代するように和服女が引っ込む。

「おねーちゃん」

妹の呼ぶ声がする。もっと小さかった頃、わたしはその声にいつも走っていった。

おねえちゃんが、嬉しかったから。

「……ドリブルは、こうやって……最初はゆっくりに……」

妹が教えたとおりにボールを弾ませるのを、少し距離を取って見守る。その横に、日と影が寄り添うように伸びる。明るい顔の女から伸びた薄い人影は、わたしを容易く覆う。

その影の根っこをじっと見ていると、「なぁに？」と優しく声をかけられる。

「……背、高いと思って見てた」

足下を。

「ああ、そうかも。でもきみは中学生だし、まだまだ伸びるよ」

「もう中学生の時間なんて大して残ってないけどね」

「それはいいことだ」

「は？」

「いやいやはっは」

　ごまかす気もなさそうに笑って流してくる。

「きみは三年生だから、部活はもう引退してるよね」

「うん」

　未だにどうして中学生で三年生なのを見透かされたのかは謎だった。

「最後の大会はどうだった？　満足できた？」

　急に親戚みたいな距離感の質問をしてきて戸惑う。満足もなにも、と目を逸らす。

「わたし、試合は出てないから別に……べつに」

「ふぅん。きみは……そうだね。先生にはあまり好かれない子かもしれない」

　こっちが言葉を隠しているのに、すぐ見抜いてくる。まるでそういう話題に持って行くために、部活の話なんて振ったのではないか、と勘繰ってしまう。

「先生は関係ない」

「あると思うけど」

「才能があって上手かったら、そういうものを無視して出番は来るから」

　わたしのそうした意見に、和服女が高みを感じるような細めた目と共に笑う。

「若いねぇ。いっそ頼もしいくらいに」

「……バカにしてる？」

こっちが反感の手を伸ばしそうになると、間髪入れずに話題を振って牽制してくる。

「きみは才能というものを自分、他人問わず感じたことある?」

「……分からない」

そういうのを印象強く感じられないことが、そもそも才能のなさへの証左かもしれない。

「……才能って?」

逆に聞き返す。首が痛くなるくらいの角度にいる大人は、わたしの質問にもすぐ答える。

「才能があるっていうのは、教えられていないこともできるってことかな」

ドリブルが少し安定してきた妹に、和服女が手を振る。

「色んな人を見てきたけど、わたしの中ではそういうところに落ち着いた。なんだろうね……最初から答えを持って生まれたようにできる人、時々いるんだ」

「……ふぅん」

和服女の語りに羨望はなく、すぐにおどけるように声色が上がる。

「だからわたしのもある意味才能なのかもしれないなぁ、とたまに思うのです」

ははは、と軽いだけの笑い声がこっちの肌に響く。

「なんの?」

「んー?　女の子をやら、優しい気持ちにさせる才能」

「眩しいだけ」

「なにそれ……」

言い慣れてないのか、優しいという部分で舌が上手く回っていないのがおかしかった。

格好はしっかりしているのに、足取りと気配は軽やかにわたしの側から離れる。現れるときもそうだけど、いなくなるときもそんな風に、軽快に過ぎ去っていく気がした。

「あの」

「はい」

妹の前に立ちふさがるように、やーと腕を広げて構える和服女がそのままこちらを窺う。

「……わたし、ぶさいくですか？」

どんな顔で今、そんなことを聞いているのだろう。

まだ淡い夜明けが眩しいように、俯いているのは分かるのだけど。

「かわいいよ、とっても」

なんの恥じらいもなく、柔らかく言い切ってくる。

言葉は朝日のように、わたしの頬を厚く塗る。

「クラスで三番目くらいのかわいさ！」

「……うわーい」

思ったよりはずっと上で、でも手放しで得意げになるには引っかかる立ち位置だった。

わたしがかわいいなんて面と向かって言うのは、この和服女だけだ。

一番顔を見ているはずの母親は、わたしがぶさいくだと言い切る。どちらを信じるかと考えたらそれは流石に、嫌だけど母親だ。

ではこの人が嘘をついているのだろうか？

少し考えて、そんなことはないと気づく。

それはきっと、母親とこの人に見せる顔が違うからなのだと思った。

「おねーちゃん、だっこ……」

「腕きついのに」

でもした。

帰り道も妹を担いで螺旋の橋を上り、色づく朝日と競争して、汗だくになる。心情とかよりも、妹を橋の下まで連れて行きたくない理由を知ってしまった。次は、近所の公園にでも行こう。

シャワー浴びよ、と予定を立てながら家の鍵を探す。

「おねえさんのことは、お母さんには内緒ね」

そうして家に入る前に、妹にやんわり釘を刺しておく。

「どーして？」

「……あの人は、秘密の人だから」

適当に思いついたその表現は、思いのほか、本質を捉えている気がした。

しー、と人差し指を唇に添えて顔を近づけると、妹が「おぉー」と目を光らせる。上手く丸め込めたみたいだ。怪しい大人に会ってるなんて話してもどうせ、面倒くさいだけだ。これ以上母親とくだらない喧嘩を増やす気はなかった。

「またあそぼうね、おねーちゃん」

「ん、うん……」

どっちのおねーちゃんについて言っているのか分からなくて、曖昧に返事する。

和服女、和服のおねえさん。名前は知らない、どこから来ているのかも知らない。知っているのは大振りで殴ってくるように顔がよく、布団を構えて待ち受けているように物腰が柔らかく、和服の模様が本物を生やしているのではと思うくらいに、花の香りに包まれていること。わたしの人生とこの町から地続きの世界で生きているとは信じられないくらい、身近にいない生き物。

一目で分かるくらい珍しく、そして美しい蝶を見つけたような気分だった。

しかしどうしてなかなか、行きづらくなった。

置いてもいない目覚ましが機能するように、朝に目覚めてしまうのだけど妹の足も布団の中でもぞもぞ動いているのを見て、起き上がるのをやめる。

「おねーちゃん……？」

眠たげな妹の声に、うそぶく。

「……今日はおねむ」

妹にもまた寝るよう促す。妹はクリームが溶けるように、ゆるゆるとまた眠りに就く。それを見届けてからわたしも寝返りを打ち、目を瞑る。どこに逃げてもすぐ敷き布団が熱くなる。泥の中でもがいているみたいだった。

そうして眠れない時間にふと考えているのは、昔の友達のこと。

樽見。小学生のときは本当に、これからも毎日顔を見て生きていく友達だと思っていた。でも中学生になってクラスが分かれて、それからなんとなく疎遠になっていった。

今では学校の廊下ですれ違っているのかも意識していない。友達なんてそんなものだと言われたらそれまでだけど、当たり前は、ちゃんと目を向けないと当たり前ではなくなっていく。そして見つめていてもいつかは風化していく。打つ手ないじゃないか、って最近気づいた。

友達といえば、田舎の祖父母の家に住むゴンもそうだ。その弱り具合を隠せない様子に、最近出会ってしまった。年老いて動きが鈍り、わたしについてくるだけでも大変そうで。

それを見たときからわたしは、焦っている。苛立っている。不安定になっている。

胃が泣くように、ずっと痛んでいる。

追随するように、別のことも思い出す。

小学校までの通学路に、大きな犬を飼っている家があった。集団登校の子供たちの、大きな流れがその家の前を通りかかるときにいつも、犬は家の表まで出てきて座っていた。犬は通りかかる色んな子供たちに挨拶されていた。わたしも当然、いつもにこにこ声をかけていた。でもある日、その犬は次のお家（うち）へお引っ越ししました、みんな今までありがとうって貼り紙がその家の塀に貼ってあった。犬の写真も飾ってあって、本当に犬がそう言っているようにメッセージとして添えて。当時のわたしはただ残念に思っていたけど、今は、その意味が分かる。

ゴンは、どこへ行くのだろう。

答えの見つからない問いかけに、瞼（まぶた）の中で白い線が流れていく。流れ星みたいに軌跡を残して消えていくそれを見つめていたら、いつの間にか意識が沈んでいくのを感じた。

ああ、怖いことから逃げたんだな、って思った。

最近、そればっかりだ。

先のことばかり考えていると動けないので、無理して今を見る。

妹が寝ていた。ちゃんと寝るのはいい子の証だ。しっかり寝ているかな、としばらく眺めていたけど健やかな寝息を立てているので、よし、と薄い掛け布団から出た。

妹を外に連れて行くと、どうしても気を使うし疲れる。たまにならいいけど、毎回だと困る。起こさないように部屋を出て、母親はまた起きているのだろうかと思いながらも寝室の前を通り、玄関で靴を履く。毎回、寝癖も直さないし寝起き顔のまま行っていたんだなぁと、なぜか今頃になって意識してしまった。

最後に妹と向かってから、五日後のことだった。

五日も空けたら、友達が顔を知っている別のクラスの子になる。あの和服女もとっくにいなくなっているかもしれない。別にいいけど、と呟きながらバスケットボールを抱えて、ランニングでその場所を目指す。準備運動もなく、軽めとはいえ走り出すと身体中の体温が徐々に上がっていくとともに、霧のような眠気が晴れていった。

螺旋橋を走って下りるのは初めてかもしれない。加速する度、壁の向こうに見えていたビルが隠れていく。いつもよりは気温が低いのか、喘ぎそうな暑さはまとわりついてこない。

身体が軽いと、そこから色々うまくいくように錯覚できた。

橋を下って、そのまま小走りに移行してバスケットゴールの下へ行く。走り切って、息を吐き、周囲を見回すけどわたし以外に誰もいない。それでいい、とバスケットボールを叩いた。

走った後だけど軽く身体を伸ばしてほぐす。腕をまっすぐ伸ばすと、肘が気持ちのいい音をたてた。思わず「あふっ」と声が漏れるくらいにぽっきんと鳴った。ついでに肩をぐるぐる回す。

誰もいないならなにをしに来たって、もちろん練習しに来たのだ。

最初はそれだけだった。それが変な人と出会って、調子がおかしくなってしまった。

そうして今、流れが元に戻ろうとしている。きっとそれだけだ。

「あ」

声をかけられて、ぐるっと肩を反らすように振り向く。振り向いている間に、声が違うって思った。

「……先輩？」

「やっぱり後輩じゃん」

通りかかったのは既に卒業した部活の先輩だった。飾り気のない半袖で、足元もサンダルだった。いかにも早朝の散歩という格好の先輩が、わたしを見つけて近寄ってくる。

先輩が部活を引退するときに会話したかも朧(おぼろ)げになっていた。

「…………………………」

「なんだ今の明らかガッカリした間は」

「いえべつに」

がっかりとか、ないわー。

服は地味だけど、先輩の頭は相変わらず華々しい。その金髪は天然もので、異邦を感じさせる人だった。中学校でも常に人目を引いていた。試合中でも動くだけで周りに注目されて、本人はやりづらそうだった。

「部活やめても続けてるんだ。エラいじゃん」

「まぁ、暇つぶしに」

「受験生がそんな暇で大丈夫か？」

「なんとか」

先輩は聞かなくても察しているのか、大会がどうだったとかそういうことは聞かなかった。

「先輩は？」

先に高校生になった先輩は、リングを見上げてから緩く首を振る。

「なんにもやってないよ。部活やるわけでもなく勉強熱心でもなく……てきとーに」

「ふぅん……」

金糸みたいな髪の色合いのせいか、先輩の横顔は薄い。儚(はかな)そうな感じが強い。わたしと違ってクラスで一番か二番を狙える美人であり、恐らく周囲からの関心も人並み以上だっただろう。でも先輩は毎日手いっぱいという雰囲気で、周りとは必要以上に付き合う気もなさそうだった。

今もその頃と同じ空気を感じる。

……そうだよな、って実感する。

別れた人と不思議に出会えなくて、でも出会えたとしてもぎこちなさが邪魔をするって。もしも樽見に出会えてもきっと、そうなるのだろう。

会話が途切れたのを察して、先輩が小さく手を振って背を向ける。

「じゃあね」

「さようなら」

言ってから少し冷たい言葉に思えたけど、先輩は気にする様子もなく離れていった。

そういう温度感が、受け入れやすかった気がする。

部活の先輩の中では一番話す人だった。お互いに人当たりがいいわけでもないのが、かえって共感しやすかったのかもしれない。先輩は家に帰ると家事もこなしていると言って、その愚痴が結構多かった。大変な生き方なんだろうな、と他人事くらいの距離で同情していた。

もう先輩と会う機会もないんだろうな、と思った。同じ町で生きているのに、これまでにたくさんの人たちがそうなってきた。みんな同じような場所をぐるぐるしているはずなのに、不思議だ。

狭く感じるこの町にも思っている以上に多くの人が暮らしているんだろう、きっと。

ボールを手の中で転がしながら、練習を再開しようとゴールの下へ歩いて行こうとしたところで、ハッとして、振り返る。橋脚の陰から、じーっとこっちを見ている人影があった。距離があってもその瞳の色は黄緑だとはっきり認識できる。

「……………………」

「……………………」

「……………………ちょっと」

目が何回も合っているのにいつまでも隠れたまま動かないので、なんだこれと思いながら近づくか迷い、試しに手招きしてみる。するとお招きに与（あずか）ったとばかりに、陰から藤色の和服の女が飛び出してきた。今日はしっかりと着込んだ和服ではなく、薄手の浴衣（ゆかた）だった。そのせいか、いつもより更に軽快に走り込んでくるように見えた。

「おはよー」

「……おはようございます。なんで隠れてたんですか」

「ん、意味はないよ。ただ物陰に隠れる状況を楽しんでた」

「あー、そー……」

なんでも楽しめるとか、うちの母親じゃあるまいし。

「今来たら丁度、ぼーっと立ってたからいつ気づくかと思って隠れたの。そうしたら、すぐバレちゃった」

「……たまたま、視線を感じたから」

そんなすぐ気づいたら、わたしが探していたみたいで抵抗してしまう。話を聞くと、先輩のことは見ていないらしい。先輩は女子高生なので、見かけていたら目の前の女が喜んだのかもしれない。確かに字面だけだと、立派な変質者だった。

「今日は妹いないんだね。残念」

わたしの胸元を探すように覗く。覗く必要ある？　とちょっと笑う。

「そんなに気に入ったの？」

妹の方もこの和服女に割と心を許していたけれど。

「あの子が好きというか、あの子に優しくしているきみを見るのが好きなのかも」

さらっと、手触りのいい布を撫でるような感覚で好きだと言えることに、こっちが照れる。

好きだと言われたこと自体は、べつに、どうでもいいとして。

「最近来なかったね。寝坊？」

「……約束とか、してるわけじゃないし」

そうだね、と和服女の声色は波を知らないように穏やかで、優しい。

「わたしも本当は二日前に用事は済んだんだけど、やっぱり挨拶しときたいなと思って用もなくこっち来て朝に徘徊して待っていたよ」

なぜか一々表現に不穏なものの混じる人だと思いつつ、内容を咀嚼して、挨拶、と呟く。

「ああ、もう来ないんだ」

「うん。こっちにはしばらく来ないと思う」

「……ふぅーん」

「寂しい？」

「ぜんぜん」

会っていたつもりなんてない、と言い張るのは無理があった。

「だから今日はちょっとお話しようよ」

「いいですけど……」

和服女がベンチに向かって歩いていく。そして、躊躇(ためら)いなく座る。お隣どうぞという仕草でわたしを誘ってくるけど、見るだけで分かるベンチの黒ずみに足が怯(ひる)みそうになる。

「あ、汚れ気になる？　じゃあわたしの足の上でもどうぞ」

腕を開いて、笑顔が開門したように弾(はじ)ける。こここ、と足が跳ねるように上下した。

足の上に座れって……わたしが？　中学生が、大人の上に？

妹ならともかく、バランスが相当に悪そうだ。

悪ふざけだろうと思って、近寄ってみた。まだ笑顔と腕は引っ込まない。和服女の足の前に立つ。消えない。くるっと背を向けて、少し膝を曲げる。オープンユアマインドナウ。

「いやそろそろ拒否しろよ」

「どうぞと言いましたが」

「言いましたけど……」

和服女は変わらずニコニコしている。安堵(あんど)と警戒を同時に際立(きわだ)たせる、不安定な美しさ。その表情に欠けるものはなく、だから誰かが近づいて上乗せしていいのかって……多分、そんな不安を持ってしまう。なに言ってるか自分でも分からないけど。

いつまでもお尻向けているのも抵抗があって、じゃあ本当に座るのかというとそちらにもまた壁があって。そもそも家族以外の人と触れるのってなんていうか……不慣れ。

「んー、これも人体の神秘だね」

「え？　なに？」

「中学生のお尻にはまったくときめかない。脳のどこがどう判断して働いてるんだろう」

「しらねぇー……」

「女子高生のお尻だったら目が離せないけど、今は景色を楽しむ余裕がある」

あれ……この人ひょっとして、終わってる？

顔がいいことと優しそうな部分以外、褒めるところはなさそうだった。

それだけあれば、十分すぎる気もした。

「ずっと空気椅子みたいになってるけど辛くない？」

「なってるに決まってるじゃない」

首の裏に特に力が入っているのか、後頭部付近が削られて真っ平になっている感じがする。

「辛い生き方を選び続けるの、カッコいいね」

「嫌み？」

「うん」

「……はっきり言われた」

肯定の仕方が、なぜかすっと染み入る。

顔を清水で洗うような、程よい温度があった。

折れて、和服女の隣に座り直す。服の汚れとか、もう知らん。そもそも肌が汚れないために服着てるんだから、これが正しい使い方なのだと思うことにした。

古臭いベンチはわたしの体重を受けてか、脚が軋む音を上げた。上げるな。

座り心地もさしていいものではなく、地べたに座り込むのと大して変わらない気もした。

「いらっしゃい」

「……ここ、あんたの家？」

へっと、変な笑いが漏れた。

多分これまでで一番近い距離で、和服女の笑顔が咲いている。そして薄い浴衣を着ているせいとか距離のせいとか色々あるんだろうけど、初めて気づいたことがあった。

この女、胸が大きい。

だからなんだ、って話だけど。

意識するとつい、顔よりそっちに目が行ってしまう。

「あ、おっぱい見てる」

「はぁ？」

図星だったから、とぼけている間も視線が飛んでなにも見えなくなる。

「思春期だねぇ。まぁわたし思春期とっくに終わってるのに好きだけど」

「なんのことか、ちょと分からない」

分かりやすいだろ、と自嘲しそうになる動揺の現れ方だった。

和服女はこれ見よがしに胸を張ってぱぁんと自前のそれを叩いた後、話を続ける。

「おっぱい話の後に恐縮なんだけど、もう一つ真面目な話するとね」

「今のも真面目なのかよ……」

「いつも辛そうな顔してるね」

本当に、胸の話をするときと同じ温度と調子で、そんなことを言ってきた。

見えない指がこちらの胸を突き飛ばす。

いつも怒っているとはけっこう言われるけど、辛い顔、と言われたのは初めてだった。

「辛そうですかわたし」

「とても」

胸に巣食う不快なものの正体を、あっさり言い当てられてしまう。

辛いのか、わたし。

なにが辛い？

隠しているもの。
なにが辛い？
見ないようにしているもの。
なにが苦しい？
井戸の底が、どうでもいいはずの他人の笑顔で照らされて露わになる。
頬杖をついて、前傾で、眩しいように目を瞑って。
そんな姿勢を取っていたら、つかえていたものが、転がり落ちてきた。
「田舎の家で暮らしている犬が、元気なくて」
嫌で悲しくて辛くて、張り詰めていて。
「それでずっと、落ち込んでいるだけ……なの、かも」
認めれば、自分の苛立ちの答えはとても簡単なものだった。
怖い。
時間が経つごとに、失われていくものが。
目を閉じている間に、どこかで誰かが死んでいるこの世界が。
「そっか」
和服女の反応は短い。そりゃあ、そうだ。他人事で、しかも見たこともない犬の話で。
だけど和服女の手は、わたしの頭を抱き寄せた。手慣れた動きだった。

この人はこれまでどれだけの相手にこんなことをしてきて、そしてこれからどんな人にこういうことをしていくのだろう。ちょっとだけ、気になりながら胸元に頭を埋める。

毛根までその香りに満ちるようで……花畑に横たわっているみたいだった。

誰かに寄りかかることでの、落ち着きと温かさと、据わりの悪さ。

慣れてない。

ぞわぞわする。

なのに、身体が重力に浸るように、動けない。

涙は出ないけど、なかなか顔を上げることができなかった。

「とても難しいことだけど……その辛いって感じる気持ちを、大事にしてあげてね」

花畑の向こうで、横になっているもう一人の声がする。

「本心からは、逃げない方がいい」

和服女の声の繊細な部分が、初めてさらけ出される気がした。

でもそんな大人の言うことは、まだわたしには難しかった。

ボールみたいに抱えられて、どれくらいの時間が経っただろうか。

「落ち着いた？」

「………ん」

いつもなら地面を踏みしめて反発するのに、今は動きたくない。

花畑を踏みつけるのが、もったいないのかもしれない。

「きみが今中学生じゃなかったら……惜しい出会いだよね」

「……知らない」

女子高生だったらこの人は、わたしをどうしていたんだろう。

笑っていられただろうか、そんなときがあったら。

「落ち着いた？」

もう一度、質問を重ねられる。

「ばっちり」

今度は、曖昧ではなくしっかりと応えた。

それを待っていたように、和服女がわたしの頭を手離す。

「じゃ、勝負しよっか」

「え？」

「もう少し練習したら勝負しようって言ったじゃない」

和服女が立ち上がるのに釣られて、一緒にベンチを離れる。それからお尻を払う。

もしかしてそのやり残しのために、わざわざここへ来ていたのだろうか。

律義（りちぎ）というか、なんというか。

「負けたら、相手のお願いをなんでも聞くやつね」

お約束みたいに振られても困る。こんなちょっと危ない香りの女になんでもを握られるのは、心臓を摑まれるに等しい。

「ただ前に言ったけどわたし中学生には興味ないから、きみから欲しいものって特にないんだよね」

興味がないなら、どうしてわたしに声をかけたのだろう。

単なる暇つぶしなのか、どこかに嘘があるのか。人当たりの良さに、多くのものが隠されている。

「え、勝つ気でいる？」

軽口を叩くと、和服女は微笑むだけだった。今までで一番、表情に大人を感じる。

「きみから投げて」

まるでわたしが勝つことを見届けたいように、和服女が促してくる。

その導きに従うように、前へ出た。

ボールを二回、三回と弾ませてリズムを整えてから、顔の前で構える。

ボールの重みが手首に心地いい。

ふーっとして、すーっとする。

心を掘り返すような長い深呼吸の後に、酸素が身体中を巡る感覚を楽しむ。ついでに、残り香のようにわたしの髪に残る花の匂いまで全身に行き渡っていた。

お花の、おねえさん。

心臓が脈打ち始めるのと同時に、力を溜める。

毎日練習してせっかく足場に少しずつ石を積み上げてゴールに近づいていたのに、結局それを使うことはなかった。だけど今、その一番高い場所にわたしは立っていた。

そしてそこから飛び降りるように、臆することなくボールと共に跳ねた。

積まれた石が音もなく崩れて、足が宙をさまよう中で。わたしは、ボールだけを目で追いかける。放物線に淀みはなく、朝日はまだ遠く、だけど薄暗い空にかかる雲が綺麗だった。

そして、腕から伝うものが肘を痺れさせる。

喜びが、電流のように走った。

「きみの勝ちだね」

飛び降りた先では、祝福が待ち構えていた。

見届けたことに満足するように、その人は笑っている。その花に引かれるように、近づいて。

でも満足するのはまだ早いって、先生として教える。

「はい」

和服女に、拾ったボールを差し出す。

思えば部活のとき、人にパスなんてろくにしたことのないわたしだ。

練習もしていないのに、でも上手く渡せたように思う。

「せっかく練習してたんだから、やってみなよ」

わたしみたいに。

「後でも決めたら、そっちの勝ちでいい」

どうしてそんなことを言ったかといえば、そういう気分だったからとしか言いようがない。

ずっと続けていた練習が、結果にたどり着くことができたので浮かれているのかもしれなかった。

「いいの？」

「勝ったら、なんでも言うこと聞く」

頷くと、和服女は「んー」と目を泳がせる。

「なんでもとか、譲り渡されても心惹かれないなぁ」

「なんで？」

「自分で、相手になんでもさせる方が楽しいから」

「……ふへ」

その今まで隠していたような、唇の端の吊り上がり方に肌がぞわっとした。こっちも笑いつつ、背骨が皮を突き破るようにこわばる。

やっぱり、怖い女だ。

その怖い女が前に出て、バスケットボールを下から支えるように構える。背中がしっかりと伸びているからか、やっぱりそれだけでも町の風景として整っている。わたしは入るな、とも入れ、とも思わないで、ただ祈りにも似た気持ちでその姿をじっと眺めていた。

教えたことを守って綺麗(きれい)に跳んだ和服女が、柔らかい仕草でボールを放る。その軌道は緩やかながら、ぶれることなく真っすぐ、リングを目指していく。

そしてがつんと、いい音がした。

せいいっぱい抵抗を示す、握りこぶしを振るうような力強い音。

でもそんな音がしては駄目なのだった。

跳ね返っていくボールを目で追いかけながら、和服女が微笑(ほほえ)む。

「負けでいいから入るまでやっていい？」

「どうぞ」

いい大人が童女みたいにわーっとボールめがけて走り出す。

和服女はそれから四回ほど外した後の五投目で、リングに好かれてシュートを決めた。

「先生、ボールがリングに入ると嬉(うれ)しいですっ」

嬉々(きき)として教え子が報告してくる。フォームめちゃくちゃで教えたことほとんどできてなくて投げ方適当ででも笑顔は弾(はじ)けていて額に光る汗が綺麗(きれい)で、花の香りが花束みたいで。

「卒業」

文句を全部蹴飛ばして、送り出すことにしたのだった。

わたしにボールを返した向こうで、和服女は快く、気持ちよく笑っている。

わたしのつまらない顔を、爽やかに笑い飛ばすように。

「きみの勝ちだけど、お願いはある？」

この人がわたしになにも望まないように、こちらもパッと願えるものがない。

欲はなく、でもなんとなく気になってこうしてまた出会うだけの関係。

悪くないんじゃないかと、そう思うのだ。

「じゃー……妹ができたら、優しくしてあげる、とか」

「……妹？」

「抱えて、走り回って……けっこう大変なんだよ、あれ」

その様子を涼しそうな顔で見ているだけだったことを、今更ちょっとムカッと来たのであんたも苦労しろと命じる。

「あ、弟でも同じね」

そっちの可能性を考えていなかったので、慌てて付け足す。身近にいないものは、自然と頭の中から除外されてしまう。その頭の仕組みを変えることは難しくて、だからそれが嫌なら消したくないものはずっと身近に置いておくしかないのだろう。

いずれかすぐかは分からないけど、目の前のこの人もわたしの中から薄れていく。

それを少しだけ名残惜しむように、じっと、今だけは見上げ続けるのだ。

「分かった。約束する」

和服女は多く言葉を語らず、素直に受け入れるのだった。そこに浮かぶ笑顔は飾りではなく、心が面倒くさがってもいない。隠すことなく、自分をありのまま表している。

どうしてそれが分かるかというと多分今、わたしも。

「それじゃあ次会ったとき彼女がいなかったらデートしようね」

それじゃあがどこから来たのか分からない。

「彼女て」

彼氏じゃないんだ。話が一気に飛躍していて、ふって、つい肩が揺れた。

その肩の動きに満足するように。和服女もまた微かに揺れるのだった。

和服女……最後まで、お互いに名乗らなかった。それが苦にならないまま、出会いと別れがあった。ボールを弾ませて、その場を回るようにうろうろして、シュートして、外れたボールをサボらないで回り込んで受け止める。

とんとんとんって、飛び跳ねてもいないのに足の裏からリズムよく音が聞こえる気がした。

「……あは」

独りになって、変な笑い声が漏れる。は、は、って小石みたいな笑いの粒がまだまだこぼれる。肩と頬が軽い。後頭部を押さえつけていたような焦りが取り払われて、身体がたやすく前へ出る。

音もなく、波のように町を訪れる朝方を見上げる。夕焼けよりも淡い橙色（だいだいいろ）の輝きがビルの隙間を埋め始めている。ざらつくように広がる薄い雲と、その奥に盛り上がる入道雲。時折走ってくる自動車の音が道路に渦を描き、舞い上がる風の生温（なまぬる）さと匂いに不思議と口の端が緩む。

夜明けと、本当に久しぶりに、向き合った気がする。

わたしがぼうっとしていても、きびきび起きても一日は始まり、そして終わっていくのだろうという懐（ふところ）の深さを実感して、気持ちが遂（つい）に勇み足を止（や）める。浮かんだ汗もそのままに、朝焼けの波を思いっきりかぶる。

分かんないけど、たのしーってなったから、気持ちが軽くなった。

そんな単純なことなのかもしれない。

ボールの弾むリズムが心地いい。手首を曲げて無駄に回転とかつけちゃう。

浮かれていた。

悪くない。そう、悪くない気分と共に。

どこまで本気なのか摑（つか）みづらい人で、でも確かなものは胸の奥で感じていた。

本人の笑い声に含まれる爽やかな後味と、同時に訪れる微（かす）かな冷たさ。

心臓を取り巻く未知の感覚が、わたしを静かに極上な気分に仕立て上げる。

浮かび上がる泡をそっと突っついて弾（はじ）けさせるような、落ち着いた高揚というこの矛盾。

その正体はひょっとして。

まさか。

……初恋？

「なんてね」

冗談をこぼしながら、またボールを大きく弾ませる。

と。

跳ねあがったボールを押さえて、その伸ばした腕の向こう側。つまらなそうに自転車のペダルを踏む女の子が橋を勢いよく下り、そして駆け抜けていった。

お互いにほぼ見向きもしないで離れる、それだけのすれ違い。

でもその女の子の黒髪が風になびいていたのを、しばらく歩いてからなぜか思い出すのだった。

『有限ループの彼方へ』

「なんだそれは」

「水筒だが」

斜め掛けした紐がなにより、その見た目に幼さを与えている気がした。

リュックサック背負って水筒ぶら下げている十八歳と、家の門の前ですれ違おうとしたらがっつりタックルされた。体格の差と不意打ちが綺麗に合わさって門の柱に二人でぶち当たった。

「お前な」

「永藤だが」

聞いてねぇ。

小学校の遠足のときから使っていたその水筒が懐かしいのはさておき。

「お前人の家に遊びに来たの？　遠足に来たの？」

「遠足だが」

「遠くねぇよ」

出かけようと思って外に向かえばこれである。待ち伏せでもしているかのように、家を出る直前での遭遇率が高い。出かけようと思い立つ時間が概ね一緒なのかもしれなかった。

「しょうがないな、行くぞ。ていうか離せ」

タックルで腰を奪ったままの永藤のデコを押して引きはがす。そして思い出したように眼鏡を外す永藤を連れて引き返す。その仕草を見上げて、首の後ろが感じたのだがまた背丈に差が生まれたようだった。こっちが縮んだかこいつが伸びたのかどっちにしようかなと悩みながら家に入る。履いたばかりの靴を脱いで揃えると、永藤がその隣に自分の靴を並べた。

「台所の棚の奥で水筒を見つけたので、こんな気分になったのさ」

永藤が動機をざっくり説明してくる。そんなとこ、なんの用事があって覗いたのやら。

「でもあまり遠くに行くと倒れそうなので日野の家にしました」

「理由つけてうちに来てるだけじゃねーか」

「そうだが」

「……そうですね」

こっちからタックル仕掛けても、永藤はまったく動かないのだった。

「あらお早いお帰りで」

無駄に長い廊下の途中で棚の上の掃除をしながら、江目さんが振り向く。そして永藤に気づいて、少しだけ笑う。

「いらっしゃいませ」

「まーした」

「こいつが庭で昼飯食べるんだってさ」

「はぁ」

永藤の奇行に慣れきっているからか、大した反応もなく江目さんが立ち上がる。

「では敷物を用意しますね」

「すみませんねぇ手間かけて」

「慣れました」

さらりと言った江目さんが離れて、途中で忘れていたことを確認する。

「今日は泊まりますか？」

「うーん、泊まると遠足が修学旅行になっちゃうな」

「じゃ、やめとけ」

「旅行も好きなので泊まります」

元からそのつもりだっただろ、と背中のリュックを一瞥する。

外で浴びた真っ昼間の熱の余韻を首筋に感じながら、やれやれと息を吐く。

「では用意しますので、少々お時間を」

「適当でいいから。マジで」

こんなののためにお仕事を中断させて申し訳ないので。そのこんなのの乳を下から持ち上げたら、軽やかに頭を叩かれた。叩かれすぎてこっちの背が縮んだのかもしれないと今になって気づいた。

「しーばーらーくー」

永藤が分かりやすく時間経過をお知らせする。経ったので、庭に行ってみた。

「おぉー、あーてぃすてぃーっく」

大きな池の側に、筆で描いたような赤色が一閃していた。その毛氈はいいけど、傘はいい大きさのがなかったのかビーチパラソルだった。しかもスイカ柄。確かに適当でいいとは言ったけど。

「雅だねぇ」

「そうか？」

パラソルの下に並んで座る。スイカなので上から迫る影も当然、赤い。

スイカ顔になった永藤がリュックと水筒を下ろして、足を伸ばす。そして笑う。

「日野は割と正座しがちだよね」

「ん？ ああ、そうかも」

自然とそういう座り方になっている足下を、永藤が満足げに目を細めて見つめている。

「なんだよ」

「いいぜ」

「そりゃよかったな」

永藤との会話は適度なところで切り上げてしまうのがコツと言える。分からんし。

背中に背負っているように、庭の木々に潜む蝉の鳴き声が間近に聞こえる。パラソルが遮断しきれない熱がちりちりと肌を焦がすようだ。池の苔の匂いが熱気に混じって漂ってくる。

「早く食べて部屋行こうぜ」

「せっかく用意してもらったしゆっくりしないと!」

「お前の心配りの配分、絶対間違ってる」

急かされて、渋々といった様子でリュックからお弁当箱の入った袋を取り出す。

永藤母が用意したであろうお弁当の中身は焼うどんだった。

「それ今日の昼ごはんの予定をそのまま入れただけか?」

「やるね、ママン」

袋にはお弁当箱以外に、もう一つ見える。永藤が焼うどんのネギを齧っている間に、その入れ物を取る。金魚を模した小さな入れ物だ。物持ちがいいやつだな、と金魚を描いた蓋を取る。

中には缶詰めのみかんがいっぱい入っていた。シロップの甘く、涼やかな香りが鼻に届く。

遠足でいつも見たやつだ。でも小学……何年生だっただろう。そのときの遠足で金魚の入れ物を忘れて帰ってきて、普段は沈むことを知らない永藤が珍しく分かりやすく落ち込んでいた。

それを見て、同じものを探して買ってきて、その年の誕生日に渡した覚えがある。

永藤は静かに大喜びして、そのお礼に……は、まぁいいとして。

だからそんなに古いものでも……いや。

「……ま、それも昔か……」

昨日のことみたいに語れるものが多すぎて、感覚が麻痺しがちだ。

あれから……小学校に通っていたときから、その前に永藤と出会ったときから、中学生になったときから、結構な時間が経っている。夏は十八回目で、あと何十回の夏が残っているのか。

今も昔もお嬢様で、庭は広くて、隣に自由な永藤がいる。

足りないものはなく、求めるものもこれ以上なく。

形を知らないまま、どこにも行かずなにも探さないまま、生まれてすぐに幸せになっていた。

なにもしなくても生きていける、そんな一生。

一人でいるときは、少し悩んで。

でも二人でいるときは、これでいいかって思える。

なにも変わらないで生きていけるなら、それもいいって。

満足だ。

「と、思う若い日野であった」

「読むな読むな」

まさかと思いつつも、手を横に振る。

お互いに、相手の心くらいは読めそうな距離だった。

『Summer18』

鏡に映る高校しまちゃんはいつもの顔だった。

「眠そう」

こんな開いているかも怪しいしょぼくれた目もとを普段から世間に晒しているのは反省するべきかもしれない。安達はこういう顔に対して思うところはないのだろうか。

安達はわたしに牙を剥かない。触れ合いに対して恐る恐るだ。その恐る恐るが溜まって弾けると全身で体当たりしてくるけど。安達の方が体格いいので、わたしは受け止めるのも気合いを入れないといけないのだった。

わたし、そんなに怖いかな？　中学しまちゃんよりはずっとフレンドリーのつもりなのだが。

やはり愛って難しいのかもしれない。

ふと、首筋を上るように湧き上がってくる蝉の鳴き声に目をやる。壁の向こうへ、背を伸ばすように。

高校三年生の夏休み。指折り数えていれば、そのまま卒業しそうなくらい残る時間は少ない。

「…………………………」

ずっと、高校生でいるような気がしていた。こんな毎日がいつまでも続くって。

中学生のときには一度も感じなかった、不思議な勘違いだ。

それだけ今が満たされているってことなのかもしれない。

「それなら楽しそうな顔しなよ」

ひゅへー、と頬をぐにぐに弄って笑ってから洗面台の前を離れる。部屋に戻ろうと歩く途中、喉の渇きが気になったので台所に寄ろうと振り向いたところで、ぱぁっと額より上が光った。

「しまむらさんの気配がしますな」

「気配よりもっと簡単に感じるものがあるでしょ」

頭の上に急に現れて乗っかっているそいつをえやーと宙に緩く放る。何事もないように身体をひねって着地したのはペンギンだった。ペンギンはいいけど、お腹に『氷』と書かれた垂れ幕を結んでいる。夏の喫茶店の入り口にぶら下がっていそうなやつだった。

「なにそれ」

「おしゃあですか？」

「んー」

自慢げに突き出してくるお腹をつんつんしながら。

「超シャレオツ」

かもしれない。

「わー」

なにやら満足げなのでまぁいいかと流した。おしゃれペンギンと一緒に台所へ向かう。

「ママさんがいませんな」

「ママさんはこの時間はジムですねぇ」

いいことを聞きました、とヤシロがクチバシの奥でくっくっくと笑っている。いつも思うけど、顔を出す部分が間違っていないだろうか。大体丸呑み(まるの)されている。じゃあどこから出すかというと難しいのだけど。そもそもこの着ぐるみパジャマはどうやって用意しているのだろう。妹の持っている図鑑で見た動物の格好をしていることに最近気づいたけど、宇宙人の発想というのは謎である。

冷蔵庫を開けた途端、飛び込むような勢いで覗(のぞ)こうとするペンギンを押さえていると妹も台所に入ってきた。露出した肌はすっかり日焼けして、シャツの袖から覗(のぞ)ける白さとくっきり線引きされている。

「しょーさんではありませんか」

ペンギンがぺったぺったと引き返して妹を出迎える。

「今日のヤチーは――……ひえひえペンギン？」

「おしゃあですかな？」

「おしゃー？」

「そこからですかははは」

「なんだその態度はー」

妹がヤシロのほっぺを楽しそうに引っ張って遊んでいるのを見ながら、コップに麦茶を注いだ。部屋には戻らず、座ってその二人の様子を眺める。そして、また立ち上がる。

二人の分の麦茶も用意して、「はい」と渡した。

「お、ねえちゃんが珍しく気が利くじゃないか」

「なんだその顎は」

偉そうに尖っている（いない）顎の先を摘んで、妹をのぃぃぃさせた。

「ありがたし」

お茶を受け取ったペンギンがニコニコしながら言う。表情と台詞の堅さが少しずれている。

「前から思ってたけどそれ、どこで習ったの？」

「パパさんとのテレビかんしょーですが」

「あんた大体そこからね……」

夜は居間のテレビ前に父親と並んでいるのを最近よく見る。父親もこの不思議生物兼居候にすっかり慣れたらしく、たまにお菓子を買ってくるときもヤシロの分を勘定に入れるようになっていた。この間も『実は宇宙人らしいね、初めて見たよ』と朗らかに語っていた。

そりゃ初めてでしょうねと言うほかない。

よく言えば懐が深く、大雑把に言えば適当な一家である。わたしを含めて。

「今日はなにして遊ぼうね」

「すうぃーとな感じでお願いしますぞ」

うちの母親の影響が仄見える言語センスだと思った。

「ねえちゃんもどうしてもなら一緒に遊んでやるぞ」

「あんたね、わたしは今超勉強してんの。受験生よ」

冗談ではなく、本当に結構真面目に取り組んでいる。三年生になってからぼんやり考えて、大学に行こうと決めた。行っていいか聞いたら、いいよって言ったし。

妹が俯き気味のまま、わたしに尋ねてくる。

「ねーちゃんは、えっと、大学？　に行くの？」

「の、予定」

受かればだけど。

「ほほーぅ、だいがく」

「あんた大学知ってるの？」

「いも」

「おいしいね」

前に食べたのでも思い出したのか、ペンギンがにやーっと浸っているのでほっといた。

で、妹の方に目を戻す。

「大学に行ったら……家、出てくの？」

妹から初めて来る、短い矢のような問いかけだった。

不安に揺れる瞳は、わたしをおねーちゃんと呼んでいたあの頃を彷彿とさせる。

最近可愛げがすっかりなくなったと思ったら、ほほーぅな感じだった。

「ううん、家から通えるとこにするつもり」

急に一人暮らしとか破綻する未来しか見えないし。その後はどうなるのか分からないけど。

「ふぅん、そっか」

不安の半分くらいが消えたような、曖昧な顔の上げ方と笑顔だった。

「あ、わたしが家出ると寂しいんだ～」

「ちぇいっ」

敢えておどけてやったら、テーブルの下で膝を蹴られた。

「寂しさを解消してあげようねー、顔面の」

「もねもねもねね」

さっきヤシロにやっていたみたいに、妹の頬も引っ張って弄んでやった。戯れながら、ああでもいつかそういうときが来るんだなぁって、ちょっとこっちまで感傷的になった。

わたしはなんだかんだ、この家とここで暮らすことが好きなのだろう。

中学しまちゃんの若干の反抗期を挟んで、思春期も大分消化した今だからこそ、それを認められる。口には出さないけどそういうのが伝わっているから、母親も必要以上になにも言わないでウザ絡みだけしてくるのかもしれない。なんだあの大人は。伸縮性がありすぎる。

「おや」

にやけていたヤシロが急に元に戻って台所の壁に振り向く。

「しまむらさんの電話が鳴りましたな」

「え、そう？」

わたしにはさっぱり聞こえなかったけど、この宇宙人は普段から感じ取っているものの質が明らかに違うので、信じて確認してみることにした。

「そっちのペンギンに冷蔵庫を開けさせないように」

妹に指示を残して台所を出る。ペンギンがバタバタ動いているのを妹ががっしり掴んでいるのが視界の端に見えた。ペンギンの暮らす家。字面だけはおしゃあだった。

ぺたぺた音がしそうなくらいの湿度の廊下を通って、部屋に戻る。電話をどこに置いたか部屋の真ん中でちょっと考えて、充電中であることを思い出した。充電器と一緒に寝ている電話を取る。

「あ、本当に安達から連絡来てる」

やるなペンギン。電話の音はまだしも、家の誰かが帰ってくるのを感知して出迎える理屈は謎だけど。聞いても『ほほほ』しか言わないので、そういうものだと受け入れることにした。

「電話どうぞー……と。来た来た」

こっちから電話した方が絶対早いよなといつも思いながら返信している。関係に効率の良さを優先していくのは、わたしの中では割と抵抗あった。安達は多分、そういうのは考えたこともないだろう。安達が関係を持っているって意識あるのは、わたしと母親くらいだろうし。

いや安達母はどうなのかなと思いながら、電話に出た。

「はーぁーい」

『も』

向こうがもしもしと言う前に声を伸ばしてみた。も安達がどうするかなと待っていたら。

『はーぁーい……』

「安達のそういうとこいいと思うよ、多分前も言ったけどさ」

いじらしい、と形容すればいいのか。でも安達は別に弱くないか。わたしよりもずっと、強くあろうとしている。この場合の強さというのは、照れたときに『ほへっへ』とならないということだ。でも安達がいつか、あまり挙動不審でなくなったらそれはそれで寂しいのかもなぁと勝手に思ってしまう。

「それでなぁに。お話ししたいだけ？」

『お話、したいので』

「ので」

『今からしまむらの家、行っていい？』

「わたしんち？　いいけど暑いよ多分」

二階の元物置にして現在勉強部屋のそこは、一応エアコンがあるのだけど効きが最近露骨に悪い。扇風機と併用してなんとか夏を乗り切っている。そんな部屋にわざわざ来たがる安達にはなにが見えているのだろう。……わたしが見えている、と答えを思いついて静かにほへっへした。

『だってしまむらと、全然会ってない……』

「そ、そうかい？」

三日前だよな、って指折り数えてしっかり確認する。

「三日前におデートしなかった？」

おデートの行き先はモール。いや本当に、近所に他に行くところなんてないのだ。そして逆にモールへ行けば、大体なんでもある。毎日駐車場が埋まるのも必然と言えた。

『三日も……』

不服ですが、と唇が尖りそうになっているのが伝わる口ぶりにちょっと笑う。

「三日は、も、かぁ」

も安達だなぁ、まだ。なんて変な話を繋いでいると。

『しまむらに会えない時間は一秒でも百年でも、全部、一緒っていうか……長い』

「……安達は詩人だねー」

時々、愛が深すぎてわたしそんなにいいかな？　と自信が揺らぎそうになる。否定されているわけじゃないのに自分を疑うことになる。それくらいに安達の愛は大きい。

多分大きすぎて影が覆って、自分が見えなくなるのだ。

立ちっぱなしで電話するのが急に辛くなって、畳んで置いてある敷き布団の上に倒れる。そのままクッション代わりにして寝転びながら、天井をぼんやり見つめる。

『あ、じゃあ勉強。一緒に勉強しま、しょうか』

迷った語尾の弱さが、安達らしい。

「いいよ、やろっか。勉強会」

勉強会。これまで経験したことないから、なかなか新鮮な響きだ。会というものがそもそも、普段あまり縁がない。遡ると子供会が最後じゃないだろうか。

「じゃあ待ってるぜー。急がなくていいよ、危ないし」

『うん』

返事が短く勢いがよくすぐ電話が切れて、生き急いでいるのが分かりやすい。

電話を置いて、腕を広げる。

そのまま横になっていると寝そうだったので、反動をつけて上半身を起こす。今までのわたしなら目を閉じて考えようとうそぶくところだったから、やはりなにかが変わったのだ。

安達と出会って、変わったことは多い。その変化諸々をまとめると、やる気が出た。やる気の源になれる、って凄いことだ。生きていて、そんな気持ちに満ちることの少なさを理解しているからこそ、その火の玉みたいな安達を尊敬する。

……で。

やる気出るとか言っといてなんだけど、安達がわざわざ家に来て、一緒にお勉強。

「ふむ」

するわけないな、と思った。


ペンギンが目の前を浮遊しているのを、扇風機の風と共に見送る。何事もないようにふよーっと呑気に浮いているその着ぐるみに驚く元気も湧かないとは、夏の恐ろしさを実感する。クラゲの格好のときにふよふよ浮かんでいたのは、なかなか幻想的だったのだけど。前にどうやって飛んでいるのかについて質問したら答えてはくれた。はっきり言って聞くだけ無駄なくらい難しい話だった。覚えているのは、これは飛んでいるわけではないという前提だけ。位置情報の書き換えがどうこう言っていて、ひょっとしてこの宇宙人物凄く頭がよくて普段の天真爛漫な振る舞いを隠れ蓑にして虎視眈々と地球征服を狙っているのかもと思い、そっと近くにサク○チョコ○郎を持って行ったらいつものふにょふにょ顔で幸せそうに食べ始めた。かくして地球の平和はわたしの手によって守られた、のかもしれない。
それはさておき、わたしにもできるかなと耳を澄ませている。なにをどこでどう感じ取れば
いいのかまったくの手探りなので、耳を動かすくらいしかやることがない。口を噤んでいると、
落ち着いた自分の心音しか感じられなくなっていく。これでいいのだろうか。
それとも、もう少し安達のことを考えるべきか。
雑念に心の暗闇をぐらぐら揺らされていると、ふよーっと、ペンギンが宙からわたしの側に
下りてくる。そしてピピっと、羽が廊下を指す。
「安達さんがそろそろ来ますぞ」
「……わっかんねー」
どうにかしてわたしも安達の来訪をヤシロみたいに察知しようとしたけど、まるで無理だっ
た。蟬の鳴き声より大きく安達が歌ったりしてくれたら分かるのだけど。
とりあえず、ヤシロが感じ取っているものは愛とかじゃないらしい。安達の愛なら月の裏に
いても届きそうだった。いや届いてはいるのだ。でも、愛は感覚とか、そういう答えを持つこ
とはないみたいだ。愛ってなんだろう。できれば科学以外の答えをいつか見つけたい。
宇宙人の未知の器官に頼っているとかだったらお手上げなんだけど、でも安達ならできそう
なんだよなー、とちょっと思う。
「皿洗いもできないのに、変なことはできるやつめ」

「はっは、分からないならお外で待っていれば一番乗りですな」

「む……相変わらず深いような、深くないような発言だ」

さぁ妹の下へお行き、と背中を押すとペンギンがてってってと廊下を走っていった。

なんでこんな不思議な生き物が、母親がちょっと伸縮自在の精神を持っていること以外はごく普通の家庭に住み着いているのか。日野の家とかなら庭広いし宇宙人の一人くらい住んでいても問題なさそうだけど、なぜかこの家が選ばれた。

それもヤシロの言う、うんめーというやつなのだろうか。

わたしもうんめーとやらを感じるために玄関に向かう。最近めっきり使っていないバスケットボールが今も棚の上に、飾るように置いてある。手触りを確かめてから、また隅っこに戻した。バスケットボールに触ると、青かった自分の時間がすべて見えてくるようだった。

呼び鈴を押される前に鍵を外して表に出ると、日射と自転車の影がわたしを出迎えた。

「……しまむら？」

「そういうきみは安達桜」

自転車を脇に止めていた安達が目を丸くする。本当にいるものだ、と宇宙人の超感覚に感心する。

「え……あの、ずっとそこで待ってた、とか？」

安達がなにやら期待するように、目を輝かせている。身近に太陽が二つ増えた。多分、安達はわたしが家に遊びに行ったらそうやって待つつもりなのだろう。行ったことないけど。

部屋行ってみたいなーって冗談で言ったら頭をぶんぶん振って拒否された。一体なにが飾ってあるのだろう。実はピラミッド型の棚を作って毎日お祈りしているのかもしれない。

「いやなんとなく安達の気配が……したって誰かがささやいた気がして」

中途半端に嘘をつこうとして、ぼやぼやぼやっとなってしまった。結果、少しヤバいやつの雰囲気が漂う。でも安達は、わぁって口元に可憐なお花が開いていた。

「それってなんか……凄いね」

わたしなら幻聴を心配するけど、安達はそんなレベルに留まっていないらしい。

「はっはっは」

わたしはなにも感じなかったよと今更言えないので、若干の罪悪感が芽生えた。それはいいとして自転車の籠から出した鞄を掴んで、安達が家へと一歩入ってくる。

そこで、にこやかに手を振る。

「高校しまちゃんだよー」

「え？　……………ん？」

ちょっと考えてみたけどやはり分からなかったらしい安達の疑問いっぱいぶりが面白い。

「いや言わないといけない流れを感じて」

ついでにこれも流れなので、と安達の横をすれ違おうとする。ちなみにすれ違った先には玄

関の扉しかない。どこへ行こうというのかわたしは、と横をすり抜けようとしたら安達がすっとスライドして壁になってわたしを食い止めてきた。すれ違いは、ここで終わりということだ。

「かくして物語は始まるのであった」

安達の瞳がはてなマークを描いているのが見える。

「ごめん、しまむらの速度に今日はついていけてない」

「うん、そういう日もあるね」

いつも安達が全速力だから、こういう日があってもいいじゃないか。

「いらっしゃい。じゃ、いつもみたいに二階へご案内」

「お邪魔します……あ、しまむらのお母さんは？」

「ジムなので挨拶不要です」

安達のスカートから覗ける足の白さを一瞥してから、二階へ上がった。髪には結構前に贈ったヘアピンがまだ健在で、物持ちいいなぁと感心した。安達といると感心することが多い。

生き様が全然違うから、新鮮だらけだ。そしてそれだけ違うのに、わたしたちは一緒にいられる。安達の繰り出す奇行の数々で高校生活の大部分が埋まって、それでもなかなかどうして満足している自分がいるのだから、相性はいいのかもしれなかった。

部屋に入ると、先につけておいたエアコンが多少仕事していた。しかしこの元物置を利用するようになってから大分時間が経っているのに、入るときは必ず埃っぽさを感じる。

人と同じく、部屋にも持って生まれたものがあるのかもしれない。

「三日ぶりの出会いはどう？」

「うん」

安達が横の髪を除けながら、わたしをジッと見る。正面、真っ向からお互いに逃げ場なし。

「う、潤う」

「国語力の高さを感じるけど、褒め言葉と受け取っておく」

乾いた安達にわたしがじわーっと染みる様を想像する。ぐにゃぐにゃになりそうだ。潤い安達が、潤ってるにしては少々ぎくしゃく動いて床に正座する。大人しい姿勢だけど肩出ししていて、意外と露出は多い。わたしも着替えとけばよかったかな、と首元の伸びきったシャツという部屋着そのままをちょっと後悔した。内緒だけど下のところに小さい穴も空いている。外出の予定もなかったから、化粧もしていない。そしてわたしにも出で立ちを整える時間はあったのになにしていたかというと、超能力に目覚めようと奮闘していた。

「…………」

いくら超愛されているからって、愛想つかされないようにもう少し努力した方がいいかもしれない。安達はちゃんとしているね、って顔を覗いたら背筋がびくっとして猫背が直った。

「な、なになに」

「潤ってるか見てた」

まだ暑いな、と扇風機の電源を入れる。一階の扇風機は既に羽根がないけど、二階のお下がりはまだまだ、緑色の羽根がぐるぐると風車みたいに回っていた。

安達が抱えていた鞄からノートや筆記用具を出して、机の端に置く。

「本当に勉強道具持ってきたんだ」

「えっ」

「いやしますけどね、お勉強」

なんだかんだとお喋りで過ごして終わりかと思ってた。ぬいぐるみのあざらし君を横にずらして座る場所を確保する。安達は向かい側にずりずりと正座を維持したままずれる。その動きを目で追っていると安達は仄かに色づき、笑おうとして、でも少しつまずいて目だけが潤む。わたしの前だと安達は笑顔が下手になる。それだけ聞くとなにやら、わたしが圧をかけているみたいだ。でもわたしはあまり見たことがないけど、普段の安達は冷淡ですらある態度らしい。初期安達より更に冷たく、誰と話しても表情一つ変えないと聞く。怖そう。

「ねぇ安達、ちょっと冷たくなってみて」

興味本位で無茶振りしてみる。安達は「つめたい？」と意味を理解できないらしく自分の二の腕を摘む。

「……あ、プールに行こうってこと？」

なかなか面白い解釈だった。プール……悪くないけどジムに行くとカッパに遭遇しそうだ。

「いや態度の話ね。普段通りの安達も見てみたいなぁと」

「普段って、いつも普通……これ普通」

「話に聞くと普段は冷静で淡々としているらしいけど」

伝え聞く中学時代の印象だと、まさにこの落ち着いた容姿に相応しい性格であったと聞く。そういう安達も見てみたいじゃないか。わたしの中学時代は絶対見せたくないけど、と自分のことは棚に上げて安達に迫る。

「今、とても冷静だけど」

「そうかなー」

立ち上がり、机を回って中腰でじりじり近寄ってみる。早くも冷静さの雲行きが怪しくなり、安達がぐいーんと正座のまま左側に傾き出す。追い詰めて、近寄って、さてなにしよう。どこも隙だらけだ。思いつくのが一般的にセクハラな内容しかない。

青みがかったように見える黒い髪、光の加減のせいで微かに緑色の混じる瞳、子供と大人の中間で留まる顔立ち。改めて見ると、美。整っている。美しいことに遠慮のない顔だった。

その触り心地のよさそうな、実際よろしい頬に、そっと手を添える。安達の肩がびくっとした。不安と、別の感情を宿して瞳が複雑に輝いている。ふにょ、と頬を一度沈ませて。

「ふふ……」

思わせぶりに笑いながら戻る。本当は特に思いつかなくて引き返しただけだった。いや嘘。

思いついたことを実行する勇気がなくて退散しただけ。そういうことしていいのかなぁって、躊躇しちゃう。

安達だと全部受け入れそうだから、だからこそ悩む。

初々しいぜ、お互い、と照れ隠しに頬杖をついて壁に笑う。

「しまむら？」

「ふふふ……」

時々、一階から妹とヤシロの高い声が聞こえる。特にヤシロの声は通りやすい。

「夏休み明けたら文化祭があるね」

たまには学生っぽい話題を振って流れを変えてみる。ノートの端を揃えて置く作業で手持ち無沙汰をごまかす安達が、聞きなれない言葉を耳にしたように首を傾げる。

「え、そんなのあるの？」

「あったんだよ実は」

去年と一昨年に参加した記憶はまったくないけど。不思議だ。

「部活やってるわけでもないし、やることそんなにないかもしれないけどね」

「ふぅん……」

学校行事に大した興味もない安達の反応は実に淡泊で、でも気づきを得たように急に声が跳ねる。

「一緒に、回ろう、ね？」

「うん。いいよ」

他に相手もいないのだから、慌てなくていいのに。……そう、誰もいない。

かわいいかわいい安達が目の前にいることが、わたしのすべてだ。

「じゃあ……勉強でもしようか」

「なんか嫌々っぽい……」

「勉強ってそういうものでしょ」

前向きに取り組めるほど、わたしには適性がない。それでも毎日続いているから、ああわたしは今、結構ちゃんと将来を求めているんだなぁと思う。ここでつまずくと、安達と一緒に歩いていくことができないから。今はがんばらないといけないときだって、頭がちゃんと受け入れている。

いいことだ、と感じながらノートと教科書を開く。家で勉強しているだけじゃなくて、どこか通った方がいいのかなと夏休みにもなってやっと考え始めたけど実際どうなんだろう。近所にあれば行ってもいいのだけど今更だろうか。夏期講習、調べてもいいかもしれない。

始めるに遅いことは、たくさんある。手遅れは山ほどある。だから、今必要なことは後回しにしない方が基本いい。そういう心掛けが、百通りの後悔を九十九くらいにはしてくれる。

ノートに記された昨日の勉強を、今日もう一度見返す。そうやって行ったり来たりして覚えていけば案外忘れない……気もする。そうしてノートを覗いていると前屈みになってしまっていて、よくないなって意識して背筋を伸ばす。

と、そうして顔を上げると安達と即座に目が合い、なぜか全力で顔を逸らされる。しかもバシンバシンとお腹を叩いて自分に喝を入れている。急に試合前のお相撲さんみたいな行動を始める安達にどうした、と聞きかけて、その視線に答えがありそうだと気づく。

教科書とノートに目もくれていない安達がなにを見ていたか、視線を再現してみる。まず安達の目の前に指を出す。安達がびくっと仰け反ったことで反動をつけたように、指を段々と引っ込める。そうして今しがたの視線の行方を追う。安達が「あ、へ、へ違う、違うから」と慌てているがそれはおいといて、淡々と検証する。指はわたしの胸元へ辿り着いた。

安達の目は、わたしの胸のあたりに来ていたらしい。胸。ここね、と洗濯の影響でなにが書いてあるかもはっきりしなくなった英字のシャツを見下ろす。だらだらに伸びて、前屈みになると隠しておかないと駄目なものまで見えていたかもしれない。

ふむ。

なるほど。

顔を上げる。

いちごジャムを顔に塗りたくったような安達がいた。瑞々しい唇の奥に覗ける前歯まで紅シヨウガくらい色づきそうな勢いだ。いちごジャム好きだし安達も好きで、好きだらけでお得、と納得するかどうか、ここは悩むところだった。

こっちだって、少しばかり恥ずかしいのは耳の温度が証明していた。

「安達はさー……」

踏み込むかこっちも迷う。宙ぶらりんの足が行ったり来たりして、指示を待っている。

「安達は、えと、私です……」

動揺が安達という形を成しているみたいだった。どうしようかなー、とペン回しくらい躊躇が回転する。言及しないで勉強に引き返すことはできた。でも、これは今必要なこと……な気もする。わたしと安達が彼女と彼女である限り、いずれ向き合わないといけない問題に思えたので、じゃあ、今でいいやと決める。

言葉は身投げするように、視界を揺らして真っ白にしながら飛び出した。

「安達って、わたしのことえっちな目で見てるの?」

一度言ってしまえば、取り消すことはできない。記憶はそれを許さない。

安達から湯気が立ち上ったように錯覚する。

そして直後、机にガツンと額を叩きつける安達がいた。机の脚を通じて床が震えるような、遠慮のなさすぎる一撃だった。その行動にも面くらったけど、そのまま顔を上げないので一層心配になってしまう。

「ちょっと、安達」

「……ミテナイヨ」

せいいっぱいの返しがそれらしい。今それよりも安達の頭の方が心配だ。

いやそういう意味じゃなくて。

「頭を、強く打っては、いけません」

「大丈夫、落ち着いた」

落ち着きの代償が額にくっきり映っている安達が、頰と口元を引き締める。でも下唇が震えていた。気を抜けば安達語が溢れ出しそうになっているのが伝わる。なんだこの空気、となりつつも、一度出してしまった話題を引っ込めるわけにもいかなかった。

引っ込めて、改めていずれ話題を出したらまた安達の額が赤くなりそうだからだ。

「いやけっこう真面目な話ね。安達がわたしになにを求めているのか、確認しときたいなと」

こちらも喋りながら膝をいじる指先が止まらない。どこか動いていないと大人しく座っていられないこの感覚の名前を、わたしはまだ見つけられない。

「なにって……いっぱい、たくさん……」

安達がもごもご飴でも舐めるように口を動かす。そんなに足りてないのかわたし。

んー、だらしない格好といい、大いに反省しないといけない気もする。

ということで。

「安達」

「ふけ？」

どんな反応だ。小さく宣誓のように挙手する。

「安達にこれからいくつか質問します」

「はぎ」

この返事の段階で舌を噛む。このままだと安達の舌が傷だらけになりそうだし、やめといた方がいいのだろうか。

「これはとっても真面目な質問なので、恥ずかしがらないで正直に答えよう。お互いのために」

聞く方だって十分据わりの悪さを感じているのだから、決して安達をいじめているわけではない。安達の愛を解剖して、今後の発展に繋げる大事な行為なのだ。そう今決めた。

安達は深呼吸を繰り返すけど、どこかスカスカと空気が抜けているような音が混じる。

「嘘とか、ついたこと、ないけど」

区切らないとまともに発音できない程度の動揺らしい。大丈夫かな。

でも平常時の安達もこんな感じかもしれない。

わたしが確認されたら絶対嫌だし逃げるなぁと思う質問を、安達にぶつける。

「安達はわたしの胸……胸ね。胸、見てたけど」

「ミテナイヨ」

「いきなり嘘ついちゃった」

「ヤダナァシマムラ」

声が完全に裏返っている。でもなぜか裏返った結果、いつもより流暢だ。目が回りすぎて一緒に舌までよく回っていると見た。今安達の頭の中ではなにが駆け巡っているだろう。星かな。

「いやいいんだよ。大体、修学旅行のお風呂でもガン見してたし」

「あれは！　……あれはぁ………………」

言い訳が思いつかないらしく、安達が段々としおれていく。

「あれは、見てただけ……なんです」

「そうですか……」

なぜ見ていたんですかと聞いても、見てただけ……とうわごとのように繰り返す安達が容易に想像できる。

「じゃあ今も見てただけですね？」

ぶんぶん、と安達の髪が雑に揺れる。

「本当に、見えてない……ちょっと……」

「ちょっと？　はいちょっと」

「ちょっとも！」

謎の日本語を駆使して、完全に防御を固めてくる。こっちもそうですか、と認めたら話が終わってしまう。どうしようかな、と考えるけど誠実に向き合う以外道はなさそうだった。

「安達、恥ずかしくてもいいから正直に言ってほしい。ほら、わたしも色々覚悟決めたりしないといけないし……なに言っても嫌いにならないよ、むしろ愛」

最後の付け足しのせいで絶対嘘くさくなったよな、と自分でも思う。そして恥ずかしくてもいいから言えって結構無茶な強要をしている。

でもわたしが真面目に向き合う機会なんてそうそうないのだから、ここを逃さないでほしい。お母さんの手を離してしまった幼子のような安達の瞳に、ニコニコ笑顔で応える。素直になれない時期だったわたしには、こういうのが存外効いた。ので、今こそ真似する。

わたしが真面目に話すものだから、安達も少しは落ち着いたらしくまた正座した。

指がとんとんと、忙しなく膝を叩いている。

「……………見てました、ごめんなさい」

叱られた子供みたいに縮こまって告白してきた。

「謝ることじゃないよ、別に」

多分。

「じゃあ最初の質問に戻るけど……安達的には、なにかこう、芽生え……兆し……」

なんて婉曲に言えばいいのか。類語辞典が欲しい。でも調べたらそれはそれでこっちの耳が熱くなりそうだ。エアコンも扇風機も追いつけないくらい、わたしと安達の熱は高まり続けて

いる。夏だ。わたしと安達の関係は春を越えて今、夏が訪れている。

「分かった。分かった、分かった……もうひっくるめるけど、安達ってわたしとえっちなことしたいの？」

捻らない方がまだ、口にしやすかった。頰杖をつく指先が忙しなく耳を叩く。雨に打たれるような音の中、安達がひっと、息を呑むのが見える。安達の情緒が緩急つきすぎて崩壊しないか若干不安になってきた。

「再三言うけど、こう、素直な意見を一度教えてほしい。だってさ、安達に応えたいじゃん」

人と向き合うって、そういうものだろう。それが恋人なら尚更だ。

こいびと。

意識すると一番、肌がむず痒い関係。恋人いるんだ、わたし、と時々不思議になる。

その恋人は今、なかなかセンシティブな問いに頭を揺さぶられていた。

「しや……い……の、はあぇ……」

「なんて？」

頭の周りにお星さまが回っていそうな安達だった。口は目くらいに物を言ってほしい。うぅう、と唸った安達が上目遣いでわたしを捉える。

「しまむらは、どうなの」

あれ、さっきの要領得ないので答えたことになってるのか。

いや言葉の濁し方とか目の逃げ方とか顔色で、全部語っているけどね。安達は言葉以外にもたくさんの伝え方を知っている。全身全霊で届けてくる。そこがきっと、たまらないのだ。

「どうって?」

安達の潤み切った瞳が、俯いたり、こっちを窺ったり、フリーフォールしている。

「だから……しまむらえっち……」

「略して聞こえの悪い言い方になっているのですが……」

しまむらえっちだけどさぁ。しまむら、ほうげつだから。安達桜は…AS。サービスエリアみたいだ。そんなバカなことを考えるのと並行して、安達の問いについても自問する。

「わたしは……んー、うーん」

つまり安達が聞きたいのは、わたしがえっちなことしたいとか、よこしまな目で見ているかとか、そういうことだろう。んー、と安達を不躾にじろじろ上下に確かめて。

「正直言って、今まで考えたことないかなぁ」

安達といるのは楽しいけど、服の向こうを想像したことはないかもしれない。見たままの安達がわたしにとってのすべてだ。その本音は、安達の願いと大分高さに差が生じてしまうかもしれない。

安達は、それで納得できるのだろうか?

まだ上目遣いを継続している安達の唇が、少し尖ったように見えた。

「じゃあ、いい」

「拗ねないでよぉ」

「拗ねてない。そうじゃなくて……分かった、分かった、分かった。言う、言う、言うけど……そういう気持ちが、ないって言えば、あれ。あれなんだけど。でも、それが一方通行だと、きっと駄目だから」

安達が姿勢を正して、踏み込むようにわたしとの距離を詰める。

そう、安達はいつだって、なにかを進めるときわたしに迫る。

前へ来る。

「しまむらがえっちになるまで、私は……待ってる」

「……………………………安達」

決意は美しいけど、文面がすんごい……すんごいね。

応えようとするだけで、こっちの頭が空っぽになりそうだった。

でも、ちゃんとそういうの待ってるんだなぁ安達……前までなら今すぐ、ってがっつきそうなのに。わたしの気持ち、意外と伝わっているのかな。それで少しだけでも安達が安心しているのなら、結構……満足かもしれない。

「ごめんね安達、我慢させて」

「シテナイシテナイ」

ヘーキデス、と目がぐるぐるとし始める。あは、と笑い声が漏れそうになった。

「とはいえ、わたしとしてもね……そういう優しい気持ちに応えたいから、ご褒美というかね
……触りたいとこ、触っていいよ」

お好きになさい、と示すために腕を広げて受け入れ態勢を作る。

「ほ？」

安達の口が楕円形を描いて、間の抜けた反応をこぼす。

「安達の触りたいとこ。一箇所だけね、どこでもいいけど」

彼女なんだからいいだろう、それくらい。

どこでも、と安売りしていいのかなと一瞬思ったけど、いいやと訂正はしない。

安達にならどこを触られても不安あれども嫌悪はない。

愛って結構、万能かもしれない。

楕円形が健在の安達が、ぽへーと蒸気かなにかで動くように湯気を漏らしながら言う。

「しまむらの……？」

「しまむら以外でも……いやよくないか。うん、わたし」

他の人は保証できないし。わたしが許せるのはわたしだけだ。

さわる、と安達の繊細な指先が文字を描くように曲がる。周りをキョロキョロして、そ
れから安達が静かにうずくまった。床に額を擦りつけてぐねぐねしている。そのまま横転して

赤ん坊みたいに丸まった身体が、いきなり海老反りする。そしてすぐにまた丸める。目は見開いたままで汗だけが活発になり、さっきまであれだけ艶のあった唇が急速に乾いていくのが見て取れた。エネルギーだ。今、安達は内部で猛烈にエネルギーを消費している。

凄い、多分安達は今世界で一番悩める乙女だ。こんなに懊悩してミノムシみたいに床で悶える人初めて見た。葛藤と欲求と建前と恐怖と正義が一堂に会して殴り合いに至っていると推測する。誰が勝つのだろう。やはり欲求の大振りパンチがすべてを蹴散らすのではないだろうか。それとも脇を固めた正義が堅実に勝利を収めるのか。

今ほど安達の頭を覗いてみたいと思ったことはない。きっとホールが埋まるくらいの大音量の声が行き交っている。でもこの苦悩を乗り越えたとき、きっと安達は成長する。本当か？がんばれ安達。いや絶対そんなことはない。がんばれ安達。

やがて、あざらし君と共に転げまわっていた安達が、のっそりと起き上がる。

目には、鈍くも濃い光の塊。

安達がどんな葛藤を乗り越えて起き上がったのか、答えを見せてもらおう。

目を瞑った安達が、左手を前に突き出す。そしてそのまま、牛歩で近寄ってくる。

「目閉じてていいの？」

「閉じないと腕が伸びない！」

そんな事情があるとは。すみませんでしたと思わず頭を下げてしまう。

マネキンみたいに硬い安達の腕が、熱を握りしめるような強い握りこぶしを先頭にやってくる。殴られるんじゃないかと思うような光景の中、目を閉じているのに安達の手は正確にわたしのどこそこへ近寄ってくる。実はちょっと薄目を開けているのだろうか。

やっぱり勉強なんてしなかったなぁ、と机の上のノートを横目で見て、肩を揺らす。

安達の手がどこに来ても受け入れようと、こちらも瞼を下ろす。目を閉じた二人が向かい合って、片方が手を伸ばす。どんな状況だ、と思いながら、暗闇で安達を待った。

待っている間、思い出すのは今年の夏にも出会う友達。

これが最後かもしれない。会うたび、必ずそう思う。

それでもわたしは会いたいと思うから、会いに行く。

丁度今の安達みたいに。

光が灯る。揺らめく火のように、熱がわたしに寄り添う。

熱は怯えながら、けれど次第にわたしを侵食する。火とわたしの肌、どちらが先に溶けていくのだろう。

でも案外、分かるものなんだな。安達の指だって、目を瞑っていてもちゃんと分かる。

安達の感触？　魂？　そういうものがちゃんと指にあるのか。

なるほどこの感覚をどんどん引き延ばして行けばいつか、ずっと遠い安達の存在さえ感じ取れるようになるのかもしれない。

起きていることと頭の中で巡る思考が、明らかに明度に差があった。

「あ……」

安達の、様々なものを内包した吐息が漏れるのを聞いて、こちらも現実に戻る。

目を開く。

「そう来たかぁ」

これが、安達の本心。暗闇でわたしを触ったのは、安達の心そのものなのだ。

どこを触ったかは、わたしと安達だけが知っていればいいことだ。

安達は夢に触れたように、不確かなものを掴もうと指が開閉している。わたしはそうした安達を眺めながら、平和だねぇって、ちょっと笑う。

目を閉じている間にもどこかで誰かが死んでいるこの世界で、わたしたちはなにをやっているのか。誰かは、呆れるかもしれない。怒るかもしれない。でもわたしだっていつかは死ぬし、目の前で今生き急いでいる安達も死ぬ。

目を回すこともなく、ただ瞑り、耳まで真っ赤になることのない安達の冷たい顔を想像したら、あーってなった。わたしがなにをしても永遠に変化はなく、起きてこない安達の様子を思い浮かべて、あぁーってなった。

………あー。

なんか、凄く嫌だなって、胸が潰れそう。

辛い。

安達を失うのは、自分が裂けるチーズみたいになる。上半身が縦に、肩から引き裂かれる様と感触がありありと錯覚できる。それくらい、安達はわたしの現実の感覚に食い込んでいた。

安達という桜の根っこが伸びて搦めとって……ああ、もう離れられないんだろうなって実感する。でも頭上に咲いている花は確かに綺麗で……わたしは、それで満足してしまうらしい。

安達は七転八倒しながらも、今日も最後は逃げなかった。

教えていないことまでできてしまうのが才能だと、誰かが言った。

そうかもしれない。

でも安達は、誰にも教わってこなかったことを自分なりにやろうとしている。

できているかは分からなくても、不安でも、逃げない。

それもまた、才能なんじゃないかってわたしは思うのだ。

「安達」

「ふぇっ」

急に声をかけられた安達が汗を三割増しにしながら固まる。

「才能あるよ」

「ふぉぼへい⁉」

口の中で爆弾でも嚙んだみたいな声の出し方だった。

色々略したら、エモい感じを投げ捨てて誤解を招きそうな一言になってしまった。ここから懇切丁寧に説明しようものなら、今度はこっちが奇声をあげて飛び跳ねかねない。

だから、ま、いいか。

「あだちーえっちっちー」

羞恥心を小学生の思考回路に流し込んで、ダメージを最小限に抑える。

「あまおべ、おばっ」

ばたばたと暇していた右手を縦に振りながら、安達が青ざめたり赤らめたり、極端になる。

そうだ、それだ。

わたしは、そういう安達が見たかったんだ。

そういう安達が、と満足に包まれる。今のわたしは、安達にそれを求める。

お互いの求めるものは、今は一致しないかもしれない。でも、理解してみせる。

学んで、学んで、深く知って……天から与えられたものがなくても、辿り着く。その時間を、わたしと安達は持っているはずだった。まだ時間がある。それが一番、幸せなのかもしれない。

そうして才能ないなりに、追い縋ってみせる。

安達の振り回される指を見る。

その指先が自分に確かに触れたことを反芻しながら、静かに目を閉じる。

目を閉じている間に誰かが死んで、そして生まれていく世界で。

『別に夏とか関係なかった』

学校のプールに行った後の帰り道に、子供のパンダがのったのった歩いていた。

「…………………………」

曲がり角の向こうに予想していない生き物がいて、思わず足が固まる。

パンダは青い鞄を背負っていた。鞄の方が本人より大きいんじゃないかって思うくらいだった。じわじわと、景色ににじむほどの光の中をパンダが進むさまは不思議なものだった。

パンダの格好で歩くなんて、もしかしてヤチー？　と思い、追いかけて顔を覗いてみる。

「あれ？」

ヤチーよりもっと背の低い子と目が合う。その目は白い輝きが静かに、雲みたいに渦を巻いていた。

「ナ　ン　ダ　ー」

「あ、きしかんってやつ」

去年もこんな風に出くわした気がする。そのときもパンダだっただろうか。

前は確か、ヤチーと間違えて声をかけた。後ろ姿のどこにそれを感じたのかは分からないのだけど、改めて見ても顔は全然似ていないのにヤチーと同じものを感じる。

白銀色に輝く髪と睫毛が眩しい。瞳はヤチーの紫色を基調とするものより淡く、青い。

写真で見た地球が、そのまま目に収まっているみたいだった。

「む？　わたしを知っているのか？」

「知ってるっていうかー……前も見たねーって」

「そうか」

短い返事で話は終わったとばかりに前を向いて、パンダさんがまた歩き出す。

背の低さの割に喋り方の尖りが大人みたいだった。後ろ姿は小学校もまだ遠そうなくらいなのに。のったのった歩く姿を眺めて、追いかけて並ぶ。

「む？」

「子供をひとりにしてはいけないからね」

ふふん、と人差し指を立てる。パンダさんは「こども？」と首を傾げたけど、「ま、いいだろう」とわたしの隣に並んだ。パンダのフードの奥で、触ったら折れそうなくらい白く、繊細な髪が光っていて目を奪われる。月の光を間近で受けているような、軽い肌寒さ。

でもつやつやのほっぺは引っ張ったらよく伸びそうだった。

「おっきい鞄だね」

「出かけると言ったら色々もらってしまった」

ふふん、とパンダさんはご機嫌みたいだった。

「お父さんとお母さんは？　迷子？」

「今回は迷ってなどいないぞ」

後半だけ答えたパンダさんがあっちだ、と指差す。指した先には四つ角があり、そこを通り越して真っすぐ進むと公園がある。パンダさんはその公園を横切って、隣に向かう。

隣接しているのは、小さな墓地だった。

奥は畑になっていて、見晴らしのいい場所だった。お墓の数も、指で数えていけるくらい少ない。お墓って来たことがほとんどないから、首がちょっとだけ縮こまってしまう。

パンダさんはその小さな墓地の、大きなお墓の前で止まる。

その立派なお墓の字は難しいものが多くて読めなかった。

「これは……誰のお墓？」

お墓を前にしてどう聞けばいいのか悩む。お友達とか、家族とか、おじいちゃんにおばあちゃん。色々想像はできても、無遠慮に聞いていいものではない気がした。

「誰かはわたしも知らん」

「え？」

「しかし、約束はしたのでな」

パンダさんが鞄（かばん）から細長い瓶を取り出す。金平糖の詰まった瓶だった。

「わたしたちは約束を守るのが趣味らしい」

瓶をお供えして、パンダさんがお墓をじっと見る。

「趣味？」

「なんの得にもならないのにやっていること。趣味とはそういうものだろう」

パンダさんが淡々と言い切って、鞄を背負いなおす。

「よし、もういいな。食べるぞ」

お供えしたばかりの金平糖の小瓶を取る。それを待っていたとばかりにニコニコだ。

「手を出せ、半分やろう」

「いいの？」

「これはそういう食べ方をするものなのだ」

クックックと、パンダさんが喋り方と全然合っていない悪そうな笑い声をあげた。

瓶の中に詰まっていた、紫色と青色、そして白色の金平糖がわたしの手のひらにこぼれ落ちる。つぶつぶの程よい硬さが肌をつんつんしてきた。でも早く食べないと溶けてべたべたになりそうだった。

パンダさんは残った金平糖を全部、ざらーっと口の中に入れてしまう。

掬い上げていた金平糖をじっと見つめて、わたしもいっぺんに口の中にざーっと入れた。

お墓の前で、二人でほっぺをもごもごし続ける。

もごもごしながらパンダさんが器用にも満足そうに笑うので、こっちもお腹の中でふっと、笑いが漏れた。

お墓参り？　を済ませてから、パンダさんを誘ってみた。

「ちょっとお家に寄らない？　いいお友達になれそうな子がいるんだけど」

ヤチーとはきらきら仲間になれそうな気がする。「んむ」とパンダさんが目を泳がせて。

「残念だが、晩ご飯までに帰らないといけないのだ」

「そっかー」

パンダさんにもちゃんとお家があるらしい。……笹藪？

「……むむ？」

パンダさんが急に、わたしの手に顔を寄せる。その視線の先には、今も指に結ばれている水色の髪。

たくさんの時間が経っても消えることなく輝き続ける、曇りのない蝶が羽ばたいている。

「どーかした？」

「いや、見たことがある色だと思ってな」

「色？　水色……あれ、やっぱりヤチーと知り合い」

「ではサ　ラ　バ　ダ」

人の話を最後まで聞かないパンダさんが、てってってと走って行ってしまう。

「あーいうとこもヤチーっぽいな……」

適当に走っているみたいで、でも妙に速くて追いつけそうもないところも。

来年もまた出会うのだろうか。

夏は、不思議と出会う季節なのかもしれない。

お墓に背を向けて、家へと帰る。

ヤチーに今の話をしようと、少しだけ早歩きになって。

「おかえりなさーい」

「お、本当に帰ってきた」

家の戸を開けると、お母さんと、その頭にくっついたイルカがわたしを出迎える。

夏どころか一年中、不思議は家の中を満たしているみたいだった。

『Remember22』

足をめいっぱい伸ばしても一歩では届かない、ちょっとした遠くに行く日だった。

いつ以来乗ったか思い出せない新幹線の乗り心地は、思ったより速くて快適だった。

「ねぇ？」

隣に座る安達に共有できるわけもない思考を振ると、一瞬、目を丸くした後。

「うん」

分かってないのに優しい返事が来たので、いいね、と満足した。

二十二歳の夏がなにかに追いつこうと、めいっぱい加速していく。その景色を横目で、窓の向こうに眺めながらこれまでに通り過ぎてきた夏を思う。ただ笑っていた小学生、ただ焦っていた中学生、そして、ただ安達と出会った高校生の夏。

夏が来る度、一つずつ輝きを取り戻す。覚えていないといけないことも、覚えていたくないことも色づいて、容易に振り返ることができる。人の名前や顔は割とすぐ忘れるのに、自分のことは覚えがいい。案外、自分本位な人間なのかもしれなかった。

同じく二十二歳の安達の髪は高校のときより確実に伸びていた。その髪の流れはかつての幼さが根を伸ばし、大きな木を育てたように大人びた横顔を描く。いつの間にか、優しい表情がよく似合うようになっていた。誰かが安達さんってちょっと冷たい感じやねと話していたけど、わたしは未だにその冷たい安達と出会ったことがない。出くわさないなら、それに越したことはないのだろうけど。

旅行先は、観光地として有名な町。夏休みにはわたしたち以外も訪れてさぞ混んでいるだろうと予想できる。夏の人混みなんて想像するだけでうぇーいだけど、それが分かっていてもなぜその旅行先を選んだかというと、目標の海外にちょっとだけ近いからだ。距離が。

そんな直線的な理由で東へ旅立つのも珍しいかもしれない。

それと、その町は海が近い。潮の匂いは、わたしが生きる町の中にはない。だからそれを感じられたら、少しは遠くに行けたんじゃないかって気になるかと思ったからだ。

「しまむら、ほら」

安達の声に応えると、その先には折り鶴がいた。乗るときに買ったお弁当の包装紙が鶴に化けたらしい。暇だったのか、それとも折れることをわたしに自慢したかったのか。

ちょっと得意げな安達の手のひらで翼を広げる折り鶴に、笑顔しか生まれなかった。

長い距離を走った新幹線から乗り換えて、次は電車で移動する。電車は乗客でぎっしりで、新幹線みたいに座る余裕はなかった。安達とお互いの肩をくっつけながら、出入り口の扉の脇でじっと到着を待つ。荷物の本当に少ない安達と違って、わたしはそれなりに大きな鞄をぶら下げている。なにかの象徴のような、単なる性格のような。そんなことを考えて、車内で揺れ

た。

やがて、立ち止まっているだけでも目的地に運ばれていく。

これが文明の力なんだなぁと、変な感心を抱いた。

「到着した感想は？」

駅の階段を下りながら安達に聞いてみる。安達は少し考えこむように遠くを見て。

「えー、えーとー……どうしよう、まだ特にない」

「それは奇遇だ、わたしとお揃いだね」

言うと、安達が軽く安堵したように口の端を緩める。笑い方で赤点を取る安達はもういない。

改札を通って煌めく日の下に出ると、人力車がタクシーみたいな顔つきで並んで待機していた。分かりやすく観光地している。

「実物は初めて見るなぁ」

あれ、と控えめに指差して安達に伝える。安達の目も人力車を捉えて、「今乗ったら暑そう」と感想を漏らす。確かに、屋根もない車だ。それでもこうして待機しているということは、客がちゃんといるってことなんだろう。

座席の横には車夫らしき人が立っている。法被を着た金髪の……女性だった。

背負っているように間近に感じられる、色濃い青空を背景にしていた。

力仕事に見えるけど、若い女性でもやれるんだなぁと漠然と眺めていると、その女性が振り向いて目が合う。お互いの動きが、そこで一瞬止まる。

先に気づいたのはどちらだったのだろう。

「先輩」

「いらはいいらはい一夏の思い出にいかがですか人力車、タクシーが隣にある？　バスは安い？　人力車はありますよぇーあたたかさ！　日差しいいですからねぇ若干地獄かもしれないこの季節に乗ってごらんなさい、思い出がパッと明るくなる、燃えてる燃えてる。いつか遠くから振り返ってごらんなさい、あああんなにも輝いてと死滅気味の脳細胞でも振り返りが超簡単！　手間いらず！　記憶に焼き付くのは花火だけじゃないって先輩だぁ？」

会話の意思が最初からなく一方的に言葉を投げつける用意だけして、人力車を引いてきた先輩がやっと怪訝な顔になる。……本当に知っている人かな？　と自信がなくなる反応だった。

中学時代のバスケ部での先輩だった。歳は一つ上で、最後に会ったのは高校一年とか、そのあたりだったと思うので結構な時間が経っていた。それでもパッと見たら思い出せるのは、その鮮やかな金髪のお陰か。

取りあえず、先に気づいたのはわたしの方だったらしい。

「後輩じゃん」

言葉の端が内側に曲がっていた。

「名前言えます？」

先輩が固まる。駄目そうかな、と思ったけどローディングが完了したように唇が動いた。

「島村じゃん」

よく言えました。

「気づくのおっそ」

「あっはっは。それだけ仕事熱心なの」

ごまかすという後ろめたさを感じない、爽快な笑い声だった。

こんな笑い方、というか、滅多に笑わない人だった。わたしの知っている範囲では。

「最後に会ってから六年か、七年かそれくらいでしょ？　入学した小学生が六年生になって会いに来てもホワッツユーだと思わない？」

「そうでしょうけどね」

絶対英語間違ってる。

「すっかりランドセルが似合わなくなっちゃってぇ」

「なにが見えてるの親戚のおばさん」

「それにこんなとこで島村何某と出会うなんて、まったく頭になかったよ」

「まぁ確かに……こっちも先輩に会うとは思いませんでした」

その存在自体、すっかり頭の中から消えていた。それでもその金糸の如き髪を一目見るとパッと記憶が繋がるのだから、大した記号だと思う。

地元から遠く離れた場所で、さっそく知人に遭遇するなんて。新幹線は本当に真っすぐ走ったのだろうか。目を離した隙にターンして元の駅に帰っていた疑惑が生まれる。でも地元に人力車は走っていないのだった。

「しまむら」

ちょいちょいと、安達が肘を引っ張ってくる。なぜこういうとき、いつも肘の皮を摘むのか。余ってないぞ。

「中学の先輩。部活が同じだったから」

安達に短く説明する。短いというけど、全部か。それ以外、特にこの人との関係や情報がないのだ。

「ふぅん……」

安達がごくごく控えめに会釈すると、先輩が「え、美女だ」と色めき立つ。

「こっちも私の後輩にしたいくらいの美しさだねぇ」

「はぁ」

安達の受け答えの淡泊さに、「きひっ」と先輩が気味の悪い笑い声をあげる。あれは……なにかを思い出したときの笑い方に似ている。あそこまで分かりやすくないけど、わたしもあんな風に記憶が噴き出すことがあった。

それにしても、安達は誰の目にもやはり美しさを感じさせる逸材なのだなぁと実感する。

わう。

　その安達を見上げて、ふとなぞってみた。

「あ、美女がいる」

「ふぇ？」

　安達がふにゃっとなる。美女がかわいい生き物に容易く変化する、そんな万物の不思議を味
「それ張り合って……あ、やきもち……？」

「……そのとおりなのだ」

　そんな多感な理由、まったく働いてなかった。単に真似してみただけというか。

　こういうところで、自分の人間としての作りが単純であることを知る。

「美女と島村はこっちに住んでんの？　いや違うよな、町の匂いがしないし」

　美女と野獣みたいな言い方だと、まるでわたしが美女のカテゴリから外れているみたいじゃ
ないか。いやいいけどね。過去最高の評価でもクラスで三番目だったし。安達のお褒めの言葉
は……手放しすぎて殿堂入りということで。

「旅行です。先輩は……アルバイトじゃなくて本職ですか？」

「うん。家に居場所がなくてね、高校出たらすぐに逃げ出した。幸い、お金は拾ってね。で、
流れて今は車夫やっとります」

「拾った……？」

冗談めかしながら、渋い藍色の法被を見せびらかすように腕を広げる。鮮やかな金糸のような髪は健在で、日の下だとその髪の表面を光が滑り落ちるようだった。わたしも一時期染めていたのを思い出す。周りからは実に不評だった。

中学時代のバスケットボール部は大して強くも熱心でもないチームだったけど、先輩は大体試合に出番があった。

わたしは顧問への態度が悪かったので、三年時は一度も試合に出ていない。

「島村、ここで出会ったのも縁だし乗ってかない？」

先輩がくいくいと人力車の座席を指差す。知り合いからのこういう誘いが断りづらいと分かっていて聞いていそうだな、と思った。先輩の楽しそうな口元がそれを隠しもしていない。

いいですさようならも、じゃあせっかくなのでも、今のところ半々だった。

ので、隣の安達にお伺いを立てる。

「どうする？　乗ってみる？」

「しまむらの先輩……」

微妙に会話になっていないし、目つきもじとーっとし始めている。安定したようで、こういう根っこのところは変わっていない安達ちゃんであった。こんな先輩にまで嫉妬は欠かさないなんて。わたしから言わせると、安達の方がよっぽど周りの目を引いていてハラハラドキドキ……は大してしないけど、安達がこんな性格じゃなかったらもっと心配になったかもしれない。

「仲いいよぉ、超いいよぉ。きみもちょなかになろうよ」

親しげに、触手みたいにピロピロと上下して先輩の指が伸びてくる。でもそれに対する安達(あだち)の視線を受けて、動きがすぐに止まった。

「仲とか一切ないよ。ていうか誰この人。先輩ってなに？」

空気を察して、完全に反転する。卵焼きをひっくり返すどころかフライパンをぶん投げるくらいの思い切りの良さだった。

「なるほど知らない人だった。じゃ、失礼しますね」

「久しぶりに会った後輩に、私の今の仕事ぶりを見せたい気持ちを察しておくれ」

先輩になったりならなかったり忙しいな。

「……なんていうか、大分変わりましたね」

ここまでの感想を一言でまとめる。言われて、先輩は額にかかった髪をかき上げて笑う。

その目には、お前は大して変わってないなと言いたそうな懐(なつ)かしい輝きがあった。

「あー、イメチェンしたから」

あっはは～ん、ともうわたしたちが乗ることを決めたように歌いながら人力車に戻っていく。

イメチェンとは。このまま笑顔で無視して中央にあるバス乗り場まで行くのも一興だけど、今の先輩の調子だと人力車を引っ張って追いかけてきそうだ。

「乗ってみようか。せっかくだし」

「いいけど……私、隣にいるから」

「へぇ？　うん、一緒に乗る……あ、もうー、安達ちゃんったら。忘れてないよ、安達のこと」

先輩とばかり話すのは駄目、と安達はおっしゃっているのだ。

全部承知しています、と安達の手を引いて人力車に向かった。

「はい日傘。すいませんねぇうちの車は屋根なくて。お冷やはセルフです」

先輩が座席に載せていた紫色の和傘を渡してくる。和紙の匂いらしい、乾いた香りが鼻を擽った。それを受け取り、乗る直前、距離が近づいたことで気づく。先輩の額に薄い傷跡が増えていた。切り傷のようだった。色々あったことを窺わせるそれを一瞥しつつも言及はしなかった。

安達の手を引いて一緒に、赤い座席に収まる。座席を押さえて乗車を手伝っていた先輩が、駆け足で先頭に戻る。ぐっと腕に力を込めて、腰回りが固くなるのが後ろ姿からも伝わる。

「出発しますよお客さん。ところで、どちらまで？　目的地ある？　それとも観光案内しとく？」

安達と顔を見合わせる。

「観光で」

「あいよぉ」

いつもより高い場所から平地を見下ろすと、少し落ち着かない。

そして町並みを眺めながら、今更気づく。色々言っておいて立場がないのだけど、わたしも先輩の名前が思い出せない。なんだっけ……特徴的な名前だったから輪郭は残っているのだけど肝心の中身が埋まらない。

「しかし島村は不用心だなぁ」

「はい？」

梶棒を握って人力車を動かし始めた先輩が、前を向いたまま肩を揺らす。

「料金を聞かないで座っちゃあいけないよ」

いっひっひ、と悪戯が成功した子供みたいな笑い声だった。

「いくらなんです？」

「十五分で三千円」

「たかっ」

しかも短い。十五分なんて、本当に大した距離を進むことなく終わりそうだ。

「二人ならそれも半分こになる。なんだっけ、幸せは倍で不幸は割り勘？」

「なにか違うけど言わんとするところは分かります」

預かった日傘を開いて、安達と一緒に陰に入る位置へ掲げる。紫色の雨が注がれるように、わたしと安達を染めた。暑さはきっと、ほとんど変わらない。でも体感温度がその紫で紛れたように感じたのも確かだった。

「これはこれで」

わたしが言うと、陰で顔を化粧した安達もゆっくりと笑った。穏やかで、緩く、淡い。

昔の安達になかったものばかりだ。

「えーまず、こっちはお地蔵さんです」

人力車の大きな車輪の傍らに早速、観光名所？　が現れる。

赤い被り物と前掛けをしたお地蔵さんが、六体ほど並んでいる。

「お地蔵さんですね」

「はい」

人力車は留まることなく、さっさとお地蔵さんの前を通過する。

「あの、由来や逸話の解説とかは？」

「知らないよ。私、地元の人間じゃないし」

「……あのぉー……」

「真面目な解説聞きたいなら別の人力車をハシゴして」

「商売上手なことで」

「じゃあ聞くけどお客さん、名所の案内か島村の中学時代の話どっちが聞きたいスか」

「やめんかい」

「しまむらの……中学生」

安達がやや前屈みに食いついてしまう。やめようよぉと肩を揺する。

「昔よりもっと未来の話をしよう安達」

「あれは中学一年生の春、パス出せやって部員にキレられた島村何某はじゃあ今出すよって振りかぶったボールを」

「やーめーろー」

人の顔は覚えてなかったのになんでそんなどうでもいいことだけ記憶しているんだ。

ちなみにそれは最初の合同練習のときで、わたしはその女子部員に蹴りを入れられて本格的な喧嘩になりました。

バスケット部員なんてそれでいい、はずがない。

そんなほろ苦い中学しまちゃんは穴の下に投げ捨てて上にアイスの棒でも立ててお墓代わりにしたいのだけど、安達の目がそのしまちゃんの手を掴みたそうにしているのが問題だ。

「安達、そんな話聞きたい？　いや本当に」

「知りたい気持ちと、聞いたらそのときに自分がいなかったことを悔やみそうな……両方の気持ちがある」

胸元を押さえるように手を添えて、安達が矛盾を吐露する。気持ちは分かるけど、でも。

「知らなくていいし、そのときに会わなくてよかったとも思うよ。お世辞にも褒められた人間じゃなかったから」

あのとき出会っていたらきっと、お互いに嫌な印象を持ってすれ違っただけだろう。

「へぇ、今は褒められた人間なんだ？」

先輩が口を挟んでくる。少し考えて、どうかなと自分の頬を軽く引っ張る。

「努力はしてます」

「いいね、それ」

先輩はそれが聞きたかったというように、唇と目の端を歪める。

「しかしそっちの美女の方は、生きづらそうな雰囲気してるねぇ」

「は？」

不躾なことを言われて、安達が無表情に氷を宿す。おお、これが冷たい安達か。

それを引き出すとは、さすが先輩。怖いものがないのか。

「私そういうやつ大好き」

「は？」

安達の声が見える棘をまとっている。先輩は気にも留めないらしく、笑い続けている。

笑いながら、人力車を引くために奥歯を食いしばって頬が盛り上がっていた。器用な顔だ。

そしてその適当な話題振りで中学時代の話が流れたので、密かに感謝する。

「島村と美女は……えぇっと、年齢的に順当なら大学四年か。卒業旅行？」

「まぁ、そんな感じです」

予行演習と言った方が正しいけど、先輩にはうまく伝わらないだろう。

「二人は大学の友達？」

軽い世間話といった体の先輩の質問に、どう答えるか少しだけ迷う。

で、迷っている間に。

「恋人です」

わたしが答える前に安達が言いきった。

先輩が信号待ちの三歩手前で立ち止まり、振り向く。目が合って、握った手を返事代わりに掲げた。

恋人です、だって。

そんなことを淀みなく言えるようになった安達の横顔を覗いて、励んだものだな、と変な高さの視点から成長に納得してしまった。

「ほーん」

「なんですそのほーん」

「いやお前、人を好きになることなんてあるんだね」

無茶苦茶不躾なことを言われてしまった。

「だって中学のとき好きな子とかいなかったっしょ？」

「中学生のときは……いやでも、初恋……みたいなのは」

「えっ」

先輩ではなく安達が驚愕した。口を滑らせたかな、と密かに失敗を感じる。

「し、しまむら……好きな人、いたの？」

「なんだいきみまで。わたしをまるで冷血な人間みたいに言ってくれるじゃないか」

好きともまた違うとは思うけど、わたしの場合。好きというか、この人いいなっていう感触。

好意的って言えばいいのか。

それが恋って言われたら、そんなものかもしれないけど。

「安達を好きになるってことは、誰かを好きになる仕組みはわたしにもあるわけで……え、安達なにその顔」

苦いものを食べたときの妹みたいな、下唇を噛んでぎゅうっとパーツが中央に集まった酷い顔になっている。大いに不満です納得いきませんともう語る必要がないくらい示していた。

「今ハムスターが横切ったら噛みつきそうな顔してるよ安達」

「どんな顔……」

説明が難しいので、こんな顔と写真に収めようとしたら安達の手が撮影拒否のために電話を摑んできた。一進一退にお互いを押して押されてみたけど、その不毛さに諦める。

「で、なにその面白い顔」

分かんない、と言いつつもまだハムスターかじってそうな安達だ。

「だって……」

久しぶりに拗ね安達が見られて、こっちは微笑ましいくらいだった。

「私が、初恋なら……いいなって」

「それはとても素敵だけど……あ、でも付き合ったのは安達が最初だから」

落としどころを見つけて、二人でそこに着地しようと提案する。安達は納得半分、いかない半分といった曖昧な態度で取りあえず頭だけ振ってみたというように頷く。

「へー、あんな全員敵みたいな態度の裏でそんな乙女ちゃんしてたの」

「その話はいいです。あとその人も別に、ただ面白い人だと思ってたくらいなので」

「それは、爽やかな初恋をしたものだ」

含みのありそうな言い方だった。先輩の初恋は、そんなにしつこい味だったのだろうか。

しつこい恋愛ってなんだ。諦めが悪いとか、そういうの？

「中学かぁ……だれだれ？　木道君？　心川？」

「誰ですそれ」

「私が知るかよぉ、やだなぁ」

きゃっははと先輩が年齢差を覆すように陽気に笑う。

「でも女の子でいいなら、バスケ部の誰かって線もあるか。あ、私だな？」

「んなわけあるかい」

この人、こういう言い方もなんだけど昔はもっと普通というか、真面目な性格を覗かせていたのに。頭でも打ったんじゃないかってくらい激変している。一体なにが、と思ってふと横を向くと、そういえば劇的にキャラ変わった人ここにもいたなと思ってじゃあそういうこともあるかとすぐ納得してしまうのだった。

安達はその視線をどう解釈したのか、妙に不安そうに目を揺らしている。

「いや本当に違うよ」

一応、そこだけは念入りに否定しておく。

「だろね。あの頃の私、つまらんやつだったから」

「つまらないっていうか、余裕はなさそうに見えました」

わたしのその回想を、先輩は味わい深そうに咀嚼して、笑顔を広げる。

「今は多少愉快さを心がけてるけど、今度は忙しくて出会いがないという。ままならないね」

「仕事、忙しいんですか？」

「私ってやっぱ物珍しいし、見た目がいいからね。美人でよかった」

「すごい自信だことで」

間違ってないけど。

「組合の顔役みたいな人は私より人気だけどね。町をよく知ってるし、蘊蓄も豊富。あと元から有名だった下地が……ま、その人はいいや。でも顔いいってお得だよね。そっちの美女もその顔の良さで島村を上手く釣ったわけでしょ？」

先輩が安達に話を振る。顔のいい女同士が見つめあい、目をぱちくりさせて。

「そうなの？」

安達が、わたしの顔を覗くように確かめてくる。顔に釣られた……そういう側面もあると言えばあるのか。安達の憂いと透明の同居した横顔は当時からわたしの目を奪っていたし、それを見に体育館の二階へ行っていた面だって、きっとある。

「最初から綺麗だとは思ってたけど」

正直に心根を明かす。その語尾が筆となり、安達にさっと朱色を描く。

紫色の日陰の下では、変化がまた艶やかなものとなる。

「そうなんだ……」

飛び石が心の水面を跳ねているように、安達の言葉の一つ一つに波紋が広がる。

その波紋が、穏やかな波のように、静かにわたしを揺らす。

「あ、私も、しまむらのことずっと……美人だと思ってる」

「クラスで三番目くらいの？」

「世界で一番」

こっちが指でちょんと押すくらいなのに、安達は丸太で突き返してくる。

譲れないとばかりに軸足は不動に大地に突き立っている。

「あ、ありがとうよ」

わたしにとっては過大評価で、でも安達にとっては世の真実。

その視点の異なりを意識するとき、そこに安達がいるって、安心も芽生えるのだ。

「どうだ、いい思い出になっただろう」

「先輩のその一言で削がれた風情はどこに消えたのでしょう」

「こちら、とっても有名な鳥居でございまーす。カップルも新郎新婦も遠足の小学生もとにかくくぐりまーす。そのまま真っすぐ行くと神殿が控えておりまーす」

録音でもしていたみたいに本業の観光ガイドを唐突に語りだす。促された方向には道路の中央に陣取る、大きな鳥居があった。その脇をこれまた大型の狛犬が固めている。先輩の言う通り、ツアーで来たと思しき女性の集団が鳥居の下に並んで写真を撮っていた。

へぇーっと見回すと、コンビニの向こうに駅の入り口が見える。わたしたちが出た場所とは違うけれど、駅前へぐるりと回ってきたらしい。

「記念撮影の定番みたいな場所ね。通りかかる度、この人力車で突撃して乱入したらどうなるだろうって考えながらお客と話してるよ」

「先輩が無職になるだけでしょうね」

「世知辛い」

人力車でその鳥居の前を横切る。鳥居の向こうにうごめくような人の流れを、高い場所から見ているとその灯りが目に滲むようだ。夜祭りの灯を、昼間に眺めているような夢現の光景だった。

位置が高いからか、道路へ吹き抜けてくる風の音が強い。

鼻を澄ましてみると本当に微かに、潮の匂いを感じられる気がした。

鳥居前の横断歩道を渡り切ってから、先輩が途端に適当に顔を上げる。

「えー、そっちにあるのはコンビニです」

角に建つコンビニを雑に紹介してきた。有料駐車場のほとんどが埋まっている。

「地元にもあるんですよ、この建物」

「マジで。発展しすぎだろ。ところでお客さん、そろそろ十五分スけど延長は？」

「降ります」

「お出口は右側でーす。忘れ物ございませんようなんとかかんとかー」

歩道の脇に寄って、人力車が停車する。噴き出る汗もそのままに、わたしたちを降ろすのを手伝うために先輩が座席を支える。今度は安達から先に降りて、わたしの手を引く。

歩道に立ってから和傘を閉じて、先輩に返した。

「ご満足いただけました？」

「座っているだけなのに忙しかったです」

「よろしければアンケートの1の項目に○をお願いします」

「アンケートどこ」

「冗談はさておき、島村、ちょっと話あり。あとお代金」

「あ、はい」

わたしにだけ話、ということは安達には待っていてもらわないといけないのだけど。

「のだけど」

降りるとき摑んだままのおててを、どうにかほどかないといけない。

「わたしが支払っとくね。で、話あるらしいから、安達さん少々よろしくて？」

「話って？」

「聞く前からは流石に分かんないなー」

いじいじと、わたしの指を責めるように安達の指が突っついてくる。今日会ったばかりの先輩だとしても安達は気を抜かない。慢心しないところが、安達の一生懸命の秘密かもしれない。

「大丈夫だって、ね？」

「うん……」

時々こうやって子犬の部分を見せてくるのが天然であざといのだ、安達は。

近くの古着屋の前になんとか安達を残して、先輩の側へ行く。先輩は黒い財布を取り出していた。

「さっきも言ったけど三千円ね」

「はいはい」

先輩は財布を開く傍ら、安達から向けられている視線に気づいて微笑む。

「なにあの美女、ひょっとして私が島村に手を出すとか警戒してる？」

「はぁ。まぁ、ちょっとやきもち焼きといいますか」

「ふんふんふん」

会話しながら手のひらを差し出してくる。知人割引などなく、きっかり三千円支払った。

「あの美女本当いいねぇ。ちょうだい」

「ははは……」

「いや本当に。許可貰ったら粉かけるよ」

先輩が料金を受け取りながら、至極真面目な顔で言葉を重ねてくる。

「先輩？」

「実は私も女の子が大好きでね。あれでもう少し背が低かったら最高なんだけど」

冗談を言っている素振りではなかった。先輩もそうなんだ、とその顔を見上げる。わたしの周りは、そういう人が何気に多い気がする。やはりなにか引き合うものがあるのだろうか。

それはいいとして、安達を他人に譲る。

今のわたしから安達をマイナスする。

げっそりして、今にも倒れそうな自分がそこにいた。

……………………ないわー。

「許可しませんけど」

人がこの世界で本当に許可を下せるのは、自分自身にだけだ。

それを理解したうえで、わたしは、安達に触れるものを否定する。

自分自身のために。

わたしの鋭さを含んだ拒絶に、先輩は、満足げに頷く。

「じゃあ無許可で口説くか。無免許だけど腕が立つ世界的名医、その名は」

「おい」

「冗談だよ。人の女にちょっかいかけるの好きだけど、あれは難しそうだ」

ああいう一途な女にはモテないんだよねぇ、と先輩が自嘲するようにつぶやく。

そりゃあ、横道に逸れたら一途じゃないしな、と生真面目に反応する。

それから先輩が、手ぬぐいを取り出して汗を拭き。

「いいか、今から勝手なことを言ってやるぞ」

「は？　はぁ」

「彼女を大事にしなよ、島村」

労働の汗を拭いながら、先輩が忠告してくる。

部活の後の何気ない会話を振ってくるときを、その仕草から思い出す。

「私はしないけど」

「え?」

「できる人間じゃなくなっちゃったのさ。でもあんたはするんだよ、いいね?」

「先輩……」

それは、その額の薄い傷跡と関係あるのだろうか。

自分の無理を他人には押し付ける。

確かに、勝手なことを言っていた。

そういうことを律義にも事前に言う姿勢に、昔の名残を見る。

「そして私が同行できるのはここまでみたいだ」

「追加料金払いませんでしたからね」

舌打ちが聞こえたのは気のせいだろうか。

「ここからは二人でどこまでも、どこにでも、好きに行くといいさ!」

「声でっか」

「そしてその途中でちょっと疲れたら気軽に人力車に乗ってくれていいよ」

梶棒を握る先輩が、ハンドルでも回すみたいに手首をひねる。

「この旅行中に、気軽に五回くらい」

「歩合制なんですか？」

「一人で歩いても退屈なだけだよ」

さて客拾ってくるかぁ、と先輩が人力車を引き始める。また駅前へ戻るのが分かる方角に向けて、大きな車輪が回る。銀の車輪が吸いこんだ光よりも輝く、先輩の髪を見ながら。

「息災で、先輩」

いつも使っていた挨拶を引っ込めて、代わりを添える。

わたしたちを十五分だけ前に進めてくれる。

先輩との関係は、それが適切なのかもしれない。

振り向いた先輩は中学生のときの表情を口の端に覗かせて、わたしに応えた。

「ありがとうございました！　良い旅を！」

最後だけしっかりと車夫になって、印象を小綺麗に整えてきた。

顔がいいと、そういうまとめる空気が容易く作れる。安達と付き合ってきて学んだことだ。

そしてその先輩の姿を見送り、空に溶けるように歩いていく様からやっと思い出す。

先輩の名前を。

「そうそう、最初は区切るとこ間違えて嫌な顔されたんだ……」

そのときのやり取りを今は微笑ましく振り返りながら、安達の下へ向かう。安達は遠のく人力車の背中を一瞥していた。

「変な人、だったね」

「まぁ、そうね」

家にあれより変なのが二人いるのでそこまでの響きはない。

「でも元気そうだし、それならいいや」

今度はさようならを言っていないのに、また今生の別れになる気がした。

それでも、もしもまた出会ったら、その金髪を見てすぐに思い出すのだろう。

「さてどこに行こうね。お土産……は帰りでいいか」

今回は珍しくお土産代を預かっている。旅行前、家の中を走り回っていたタヌキが五百円玉一枚を得意げに差し出してきた。要求するものは当然のようにお菓子だった。タヌキのお金なので後で葉っぱに変わらないものかと確認しているけど、今のところちゃんと硬貨だ。

「安達(あだち)はどこ行きたい？」

「しまむらのいるとこ」

まったく迷いもなく言い返されて、そのぶれないところがいいんだなと再確認する。

「もういるじゃん」

手を差し出すと、安達(あだち)が愛(いと)おしさを隠さない指先で絡(から)めとってくる。いつもみたいに繋(つな)いだ手をどちらが先か分からないけど引っ張り、お互いを先導するように歩き出す。

「生まれてから十五年分のしまむらにはもう出会えないのが、ちょっと残念」

人力車に乗った感想らしきものを、安達が口にする。景色なんかより、ずっとわたしを見ていたと言われているようで、頬に夏が集う。

「これから何十年と時間があっても?」

「それはそれ」

「安達らしいね」

わたしのすべてを味わいつくさないと満足できない安達の貪欲さに、笑顔しか湧いてこないのはもう手遅れなくらい、毒されてしまっている。

知らない場所に来ても、見慣れた町にも、いつでもどこでも隣には安達。

安達という白い星を中心にわたしの世界がある。照らされる。浮かび上がる。すべてが輝く。

今となっては安達こそが、わたしの世界なのだ。

「最近さ、わたしは自分で自覚してるよりも大分、安達のことが好きなのかなぁって思うよ」

しばらくは安達の顔を見ないように歩こうと、言いながら決める。

安達の声が耳に届かないように、早足に、少し前屈みに。

繋いだ手がそんなこと許すはずもないのに、せいいっぱい逃げようと試みる。

夏に焼ける手足が、嘘みたいに軽い。

どこへ行こう。なにを見て、どんなことを記憶していこう。

歩いている間にも次々と積み重なっていく。安達といるだけで、思い出にまみれていく。

その思い出がいつか、泡のように幸せとして噴き出すことを願いながら。
二人で。
無限のようで、いつか終わる夏をいくつも駆け抜けて。
どこまでも、どこにでも、好きに行くことにした。

あとがき

This story has not finished yet.
It is an infinity loop?

ということで安達(あだち)としまむら11でした。とうとう私の著作ではシリーズ最長に並びました。正直まさかこんなに続くとは考えていませんでした。昔々に某雑誌に掲載した短編読み切りが、随分とたくましくなったものです。もっとプロテインを取れ。

いよいよ次回が最終巻……の予定です。

感動の最終巻！　でも最終話は掲載されないよ！　どういうことだ。

内容というか、舞台は高校の文化祭とかかな？　今の段階だと。ただ書くときには全然変わってるかもしれませんが。とはいえ次の安達(あだち)としまむらは12ではなく、ちょっとした寄り道的なものが来る……かもしれません。分かりません。未来のことを書くなって指示が来たり来な天才かったりします。そう書くと何者かによる黒い陰謀の気配がしたりしなかったりしますね。

具体的には言えないのですが、内容としては近年の中でも個人的に素晴らしいなこれ、
かやはりと思えるやつなので、もう読んだことのある方は一冊にまとめて読みやすくなります
し、まだの方はぜひ一度目を通していただければと思います。来年には出す……予定です。

タイトルはどうなるんでしょうね。

あと本文に恐らくイラストがつくのも楽しみですね。そんな感じで。

同時発売している私の初恋相手がキスしてたも、よかったらよろしくお願いします。

今年も自分はこれで終わります。

ので、ちょっと早いですがみなさま、よいお年を！

来年もよろしくお願いします。

入間人間

◉入間人間著作リスト

嘘つきみーくんと壊れたまーちゃん
1～11、『i』(電撃文庫)
電波女と青春男①～⑧、SF版(同)
多摩湖さんと黄鶏くん(同)
トカゲの王I～V(同)
クロクロクロック シリーズ全3巻(同)
安達としまむら1～11(同)
強くないままニューゲーム1、2(同)

ふわふわさんがふる(同)
虹色エイリアン(同)
おともだちロボ チョコ(同)
美少女とは、斬る事と見つけたり(同)
いもーとらいふ〈上・下〉(同)
世界の終わりの庭で(同)
やがて君になる 佐伯沙弥香について(1)～(3)(同)
海のカナリア(同)

エンドブルー（同）
私の初恋相手がキスしてた1〜3（同）
探偵・花咲太郎は閃かない（メディアワークス文庫）
探偵・花咲太郎は覆さない（同）
六百六十円の事情（同）
バカが全裸でやってくる（同）
僕の小規模な奇跡（同）
昨日は彼女も恋してた（同）
明日も彼女は恋をする（同）
時間のおとしもの（同）
彼女を好きになる12の方法（同）
たったひとつの、ねがい。（同）
瞳のさがしもの（同）
僕の小規模な自殺（同）

エウロパの底から（同）
砂漠のボーイズライフ（同）
神のゴミ箱（同）
ぼっちーズ（同）
デッドエンド　死に戻りの剣客（同）
少女妄想中。（同）
きっと彼女は神様なんかじゃない（同）
もうひとつの命（同）
もうひとりの魔女（同）
僕の小規模な奇跡（アスキー・メディアワークス）
ぼっちーズ（同）
しゅうまつがやってくる！ -ラララ終末論。I-（角川アスキー総合研究所）
ぼくらの16bit戦争 -ラララ終末論。II-（KADOKAWA）

本書に対するご意見、ご感想をお寄せください。

ファンレターあて先
〒102-8177　東京都千代田区富士見2-13-3
電撃文庫編集部
「入間人間先生」係
「raemz先生」係
「のん先生」係

本書は書き下ろしです。

電撃文庫

安達としまむら11

入間人間

2022年12月10日　初版発行

発行者　山下直久
発行　株式会社KADOKAWA
〒102-8177　東京都千代田区富士見2-13-3
0570-002-301（ナビダイヤル）
装丁者　荻窪裕司（META＋MANIERA）
印刷　株式会社暁印刷
製本　株式会社暁印刷

●お問い合わせ
https://www.kadokawa.co.jp/（「お問い合わせ」へお進みください）
※内容によっては、お答えできない場合があります。
※サポートは日本国内のみとさせていただきます。
※Japanese text only

※定価はカバーに表示してあります。

ISBN978-4-04-914689-9　C0193　Printed in Japan

電撃文庫　https://dengekibunko.jp/

電撃文庫創刊に際して

文庫は、我が国にとどまらず、世界の書籍の流れのなかで〝小さな巨人〟としての地位を築いてきた。古今東西の名著を、廉価で手に入りやすい形で提供してきたからこそ、人は文庫を自分の師として、また青春の想い出として、語りついできたのである。

その源を、文化的にはドイツのレクラム文庫に求めるにせよ、規模の上でイギリスのペンギンブックスに求めるにせよ、いま文庫は知識人の層の多様化に従って、ますますその意義を大きくしていると言ってよい。

文庫出版の意味するものは、激動の現代のみならず将来にわたって、大きくなることはあっても、小さくなることはないだろう。

「電撃文庫」は、そのように多様化した対象に応え、歴史に耐えうる作品を収録するのはもちろん、新しい世紀を迎えるにあたって、既成の枠をこえる新鮮で強烈なアイ・オープナーたりたい。

その特異さ故に、この存在は、かつて文庫がはじめて出版世界に登場したときと、同じ戸惑いを読書人に与えるかもしれない。

しかし、〈Changing Times,Changing Publishing〉時代は変わって、出版も変わる。時を重ねるなかで、精神の糧として、心の一隅を占めるものとして、次なる文化の担い手の若者たちに確かな評価を得られると信じて、ここに「電撃文庫」を出版する。

1993年6月10日
角川歴彦

電撃文庫DIGEST　12月の新刊

発売日2022年12月9日

青春ブタ野郎はマイスチューデントの夢を見ない

著／鴨志田 一　イラスト／溝口ケージ

12月1日、咲太はアルバイト先の塾で担当する生徒がひとり増えた。新たな教え子は峰ヶ原高校の一年生で、成績優秀な優等生・姫路紗良。三日前に見た夢が『#夢見る』の予知夢だったことに驚く咲太だが——。

豚のレバーは加熱しろ（7回目）

著／逆井卓馬　イラスト／遠坂あさぎ

超越臨界を解除するにはセレスが死ぬ必要があるという。彼女が死なずに済む方法を探すために豚とジェスが一肌脱ぐことに！　王朝軍に追われながら、一行は「西の荒野」を目指す。その先で現れた意外な人物とは……？

安達としまむら11

著／入間人間　キャラクターデザイン／のん
イラスト／raemz

小学生、中学生、高校生、大学生。夏は毎年違う顔を見せる。……なーんてセンチメンタルなことをセンシティブ（？）な状況で考えるしまむら。そんな、夏を巡る二人のお話。

あした、裸足でこい。2

著／岬 鷺宮　イラスト／Hiten

ギャル系女子・萌寧は、親友への依存をやめる『二斗離れ』を宣言！　一方、二斗は順調にアーティストとして有名になっていく。それは同時に、一周目に起きた大事件が近いということで……。

ユア・フォルマV
電索官エチカと閉ざされた研究都市

著／菊石まれほ　イラスト／野﨑つばた

敬愛規律の「秘密」を頑なに守るエチカと、彼女を共犯にしたくないハロルド、二人の溝は深まるばかり。そんな中、ある研究都市で催される「前蛹祝い」と呼ばれる儀式への潜入捜査で、同僚ビガの身に異変が起こる。

虚ろなるレガリア4
Where Angels Fear To Tread

著／三雲岳斗　イラスト／深遊

絶え間なく魍獣の襲撃を受ける名古屋地区を通過するため、魍獣群棲地の調査に向かったヤヒロと彩葉は、封印された冥界門の底へと迷いこむ。そこで二人が目にしたのは、令和と呼ばれる時代の見知らぬ日本の姿だった！

この△（さんかく）ラブコメは幸せになる義務がある。3

著／榛名千紘　イラスト／てつぶた

麗良の突然のキスをきっかけに、ぎこちない空気が三人の間に流れたまま一学期が終わろうとしていた。そんな時、突然麗良が二人を呼び出して——「合宿、しましょう！」　夏の海で、三人の恋と青春が一気に加速する！

私の初恋相手がキスしてた3

著／入間人間　イラスト／フライ

「というわけで、海の腹違いの姉でーす」　女子高生をたぶらかす魔性の和服女、陸中チキはそう言ってのけた。これは、手遅れの初恋の物語だ。私と水池海。この不確かな繋がりの中で、私にできることは……。

新作　君はこの「悪【ボク】」をどう裁くのだろうか？

著／二丸修一　イラスト／champi

親友の高城誠司に妹を殺された菅沼拓真。拓真がそのことを問い詰めた時、二人は異世界へと転生してしまう。殺人が許される世界で誠司は宰相の右腕として成り上がり、一方拓真も軍人として出世し、再会を果たすが——。

新作　天使な幼なじみたちと過ごす10000日の花嫁デイズ

著／五十嵐雄策　イラスト／たん旦

僕には幼なじみが三人いる。八歳年下の天使、隣の家の花織ちゃん。コミュ力お化けの同級生、舞花。ポンコツ美人お姉さんの和花菜さん。三人と出会ってから10000日。僕は今、幼なじみの彼女と結婚する。

新作　優しい嘘と、かりそめの君

著／浅白深也　イラスト／あろあ

高校１年の藤城遠也は入学直後に停学処分を受け、先輩の夕凪茜だけが話をしてくれる関係に。しかし、茜の存在は彼女の「虚像」に乗っ取られており、本当の茜を誰も見ていない。遠也の真の茜を取り戻す戦いが始まる。

新作　パーフェクト・スパイ

著／芦屋六月　イラスト／タジマ粒子

世界最強のスパイ、風魔虎太郎。彼の部下となった特殊能力もちの少女４人の中に、敵が潜んでいる……？　彼を仕留めるのは、どの少女なのか？　危険なヒロインたちに翻弄されるスパイ・サスペンス！

バレれば世界滅亡!?
浮気バレ厳禁の二股ラブコメ！
宇宙人のカノジョか？
同級生の恋人か？
私のことも、好き(す)って言ってよ！
～宇宙最強の皇女に求婚された僕が、世界を救うために二股をかける話～
午鳥志季
イラスト／そふら
宇宙を統べる最強の皇女・アイヴィスに“一目惚れ”された高校生・進藤悠人。
地球のためアイヴィスと付き合うことを要請される悠人だったが、
悠人には付き合い始めたばかりの彼女がいた！　悠人の決断は――？
電撃文庫

怪物中毒
MONSTER HOLIC
PICK UP!
超人気作家
三河ごーすと
が贈る原点回帰にして
最新の
ダークファンタジー！
AUTHOR
三河ごーすと
ILLUST
美和野らぐ
怪物以上人間未満の
少年少女たちが
《官製スラム》の夜を駆ける――！
MONSTER HOLIC
Introduction: Infinite resul
1st chapter: Hit-and-run
電撃文庫